後宮の毒《どく》華《か》

秋蝶の毒妃

太田紫織

角川文庫
24094

◉目次

後宮の毒華人物紹介

ドゥドゥ

正四品『美人』の位を持つ
名ばかりの妃。
古今東西の毒に通じ、
後宮を守る存在。

高《こう》玉《ぎょく》蘭《らん》

高家の庶子の少年。
姉の翠麗が後宮で失踪し、
不本意だが身代わりに。
情に厚く弱き者に優しい。

翠麗《すいれい》

玉蘭の姉。
正一品『華妃』の位に
わったが失踪。

玄宗《げんそう》

唐の皇帝。
乱れた世に
平穏を取り戻した
英雄だが……。

楊貴妃《ようきひ》

たぐいまれな
美貌と才を持ち、
玄宗の寵愛を
一身に受ける。

イラスト／千景

太《たい》華《か》公主《こうしゅ》
玄宗皇帝と武恵妃の娘。
快活で聡明だが、
型破りなところがある。

絶《ぜつ》牙《が》
忠実なる宦官。
言葉を発せないが、武術に秀でている。

耀《よう》庭《てい》
天真爛漫な宦官。
容姿も良く気も利くが
大胆な物言いをする。

高力士《こうりきし》
玉蘭と翠麗の叔父で、玄宗の側近。
全ての事情を把握。

茴香《ういか》
翠麗の衣装係。
玉蘭を美しく飾ることに余念がない。

桜雪《おうせつ》
翠麗の侍女。
玉蘭の教育係を務める頼もしい存在。

母上のいない僕の家で、『女主人』の役割を務めていたのは姐《ねえ》さんだった。内廷、つまりは後宮を統べる叔父《おじ》上の協力もあってこそだろうけれど、多分姐さんは、早くに『大人』にならなければならなかった人だと思う。

家政を担って使用人達を管理し、そして僕の母親係を務めていた。

乳母はいたけれど大事な事は姐さんが決めていたし、僕の顔を見に来ない日は一日だってなかったのだ。

時々僕に手料理を振る舞ってくれることさえあった——まぁ、味の方はさておき、姐さんが僕の為に作ってくれるということが、僕はとっても嬉《うれ》しかったのだ。

ある日、熱を出した僕に、姐さんがおかゆを用意してくれたことがあった。

姐さん手ずから、作ってくれたおかゆだという。

僕は勿論《もちろん》喜んだ。

だけど肝心のおかゆはなんだか得体の知れない色をして、花や、草……あとはよくわからない物が入っていて、変な臭いがした。

更にはその見た目や臭いもかすんでしまうほど、それは強烈に苦かった。

姐さんには薬だと思って食べるように言われたけれど、とってもじゃないけど飲み込めない。

申し訳ないと思いながらも、まったく食べられない僕を見て、姐さんは「体に良いのに」と言いながら、自分でも一匙《さじ》口に運んで——そして噴き出した。

「な……なにこれ⁉ どうして⁉」

びっくりするほど苦いと言って姐さんは目を白黒させていた。どうやら味見をしていなかったらしい。

あんまり驚いたのか、なぜだか姐さんは声を上げて笑い転げて、それでも諦《あきら》めきれずにもう一口食べようとして……やっぱりその苦さに耐えかねて吐き出していた。

「ごめんね、玉蘭《ぎょくらん》に元気になって欲しかったのに……」

その気持ちは十分に伝わっていたし、出来るなら僕だって食べたかったけれど、どうしたって飲み込める味ではなかった——まるで体が拒否するように。

「変ねぇ、どうしてなのかしらね」

姐さんは「庭師に聞いて、病気によく効くっていう草花をたくさん摘んで集めたのよ」としょんぼり言った。

僕はと言えば、その時初めて庭なんかに咲く草花が、薬になる事を知った。

花は綺麗《きれい》なだけじゃないんだ……。

結局その時の草花の中には、どうやら食べてはいけない草も混じっていたらしくて、結果的に二人とも食べないで良かったということになったのだけれど、姐さんはそれからというもの、以前よりも薬というものに少し慎重になったのだった。


そんな僕達姉弟《きょうだい》が、今こうして後宮で毒に怯《おび》えたり一喜一憂しながら過ごす事になったというのは、なんだか運命めいたものを感じる——というのは大げさだろうか？

だけどドゥドゥさんに出会って親しくなったのも、僕らの人生にとっては必然だったんじゃないかって思う時もある。

そういうものが、本当にあるかどうかはわからない。

けれど確かにこの『毒』というものは、僕らの人生をゆっくりと蝕《むしば》み始めていた。

それに気が付いたのは、もう少し後になってからだ。

僕が大切なものを失った日に。

第一集

玉蘭、後宮で病床の兄を想う

一

七月の重節、七夕が過ぎると長安《ちょうあん》の街はにわかにざわつく。

槐秋《かいしゅう》——街並みが槐《えんじゅ》の花で黄色く染まるこの季節、科挙の試験があるからだ。

科挙とは官僚になるための試験だ。

槐の花は幸運の花と言われている。

かつては五品《ごほん》以上の官僚は任子《にんし》、或《ある》いは恩蔭《おんいん》の制により、つまりは父祖の官位によって子に官位が授けられたために、国は中央貴族の思うがままだった。

稀代《きたい》の女禍・武則天《ぶそくてん》様によって科挙の間口は広げられたものの、結局昇進の望める進士科は、純粋に試験の結果というよりは、やはり人脈によって結果が大きく左右されてしまう。

そして幸い、僕はその人脈には恵まれている方だ。

叔父の高力士《こうりきし》様は、いずれは僕も科挙を受けられるようにしてくださると言っている。とはいえ、結局の所これからのことは、全て姐さん次第なのだが。

科挙に受かると焼尾《しょうび》といって、親族・知人、今後お世話になる方に、陛下の離宮がある曲江池《きょくこうち》で豪華な食事を振る舞うのが慣例だった。

進士の春関――つまり合格者の姓名が省に登録された後、五月六月の頃に百品近い料理を一斉に並べて酒宴を開くのだ。

それは豪華で珍しく、鹿の舌だったり、麝香猫《じゃこうねこ》や熊といった、普段はまず見ない種類の肉や部位が並んだりする。

僕も何度かお相伴に与《あず》かったことがあるけれど、あんな料理はなかなか食べられないし、もし自分で宴《うたげ》を開けたらさぞ誇らしいだろう。

とくに玄宗《げんそう》皇帝は焼尾が大好きだと聞くから、もしかしたら皇帝だけでなく、姐《ね》さんや貴妃《きひ》様をお呼びできるかもしれない……なんて、そんな他愛ない妄想に耽《ふけ》っていると、お腹がぐうう、と鳴ってしまった。

隣に控えていた絶牙《ぜつが》と耀庭《ようてい》が、ふふ、と笑う。

「だって、お昼までもう少しなんですもの……」

「お菓子を用意しましょうか」とすかさず耀庭が言い、絶牙がお茶の用意を始めた。

「いいえ大丈夫です。ご飯前にお菓子を食べたりしたら、肝心のご飯が食べられなくなってしまうもの、我慢できるわ」

慌てて言ったものの、再びお腹がぐぐうと鳴いた。

「あはは、その前に華妃《かひ》様が飢え死にしちゃいそうですよ。じゃあ、干し棗《なつめ》でもちょっとだけ貰《もら》ってきま――」

耀庭が笑いながら部屋から出ようとした、その時だ。

名前までは知らないが、何度か見覚えのある年配の宦官《かんがん》――高力士様の側近の一人が、ちょうど部屋を訪ねてきたのだった。

絶牙と耀庭が拝して出迎えたので、一瞬自分もつられそうになったが、結い上げた重い頭で気が付いた――正一品《しょういっぽん》の華妃は、宦官に拝する必要はない。

「何かありましたか？」

優雅で少し偉そうな仕草を意識して迎えたけれど、彼のその表情は明るいとは言えず、僕は咄嗟《とっさ》に身構えた。

何故なら今、高力士様は後宮に、この長安の宮内にはいないのだ。

七夕を祝うため、陛下と貴妃様が華清宮《かせいきゅう》に行かれているので、高力士様はそちらに同行している。

そんな時に高力士様の代理を務めているであろう宦官が、僕の部屋を訪ねてきたのだ。

何か良くないことがあったのか……僕の脳裏に、翠麗《すいれい》の姿が浮かぶ。背筋をつ、と寒い汗が流れるのを感じた。

「それが……ご生家でお兄様がお倒れに」

「え？」

悪い報《しら》せを覚悟した僕にその宦官が伝えたのは、そんな言葉だった。

「兄……兄がですか？」

「はい。黄淏《おうこう》様がお倒れになり、あまり思わしくない状況だそうです」

「黄淏……が!?　何故？　またお酒が原因で問題でも!?」

それは確かに悪い報せではあったけれど……長兄ではなく次兄がという事に、まず驚いた。

次兄の黄淏は家族の中で一番体が大きく、強く、おおよそ病気に罹《かか》るような人には思えない。

なので考えられるのであれば怪我だ。またお酒を飲んで暴れたか……前に酔っ払って馬に乗って、落ちて骨を何本も折ったこともある人だし。

「それが……重い病に罹られたそうです。流行病《はやり》の可能性もあると……」

「流行病、ですか……黄淏だけですか？　父上は？」

「はい。お父上ともう一人のお兄様は無事です。弟君も今はご生家から離れていらっしゃるという事でした」

「そう……」

実際には、その『弟君』は彼の目の前にいる僕なのだが。

「そんなに……容態が思わしくないのですか」

「はい……医師の話では、覚悟をされた方が宜《よろ》しいかもしれないと」

「覚悟……？」

それはつまり、黄滉兄さんが死んでしまうかもしれない、という事なのだろうか。

でもやはり『あの』黄滉兄さんが？　彼が病気とは信じられない。

それによく考えようと思っても、あんまり急のこと過ぎて、頭が真っ白になって考えられなかった。

「……様、華妃様」

「え？」

「お顔が真っ青です、一度お座りになられては？」

「え……ええ……」

呆然《ぼうぜん》と立ち尽くす僕を案じるように、耀庭が言った。絶牙も心配そうに僕を見ている。最初自分が呼ばれているとはわからないほど動揺していた僕は、耀庭と絶牙に手を引かれるまま、椅子に腰を下ろした。

「何かあったらすぐに知らせるよう、人を遣わせております」

老宦官に言われて、思わず瞬《まばた》きをした――ああ、そうか。

「つまり……『何かある前』に会いに行くことは、許されないのですね」

「……」

老宦官が深々と拝した。それは肯定であり、残酷な事を知らせる事への謝罪だったのだろうか。

「わかりました。何かあったら……いいえ、何もなくても、教えてください」

声が震えた。

ここは後宮だ。妃嬪《ひひん》はみだりに外に出ることは許されない。わかっているつもりだったけれど、改めて突然のことに動揺を隠せない自分がいる。

「ですが、もう数日で陛下もお戻りになられます。そうすれば、或いは」

後宮の決まりとはいえ、僕は――華妃は、寵《ちょう》の途絶えた妃嬪だ。それに陛下は家族思いであられるし、陛下がお帰りになれば、例外的に帰省が許されるかもしれない。

特に叔父上《おじ》も一緒であれば大丈夫だろう。

とはいえ今、陛下はここにはいないのだ。

「……わかりました。とにかく、何かあったらすぐに。叔父様がお帰りになる時も」

お願いです、と宦官の手を握って言うと、彼は僕をとても可哀想な、心配するような優しい目で見て、強く頷《うなず》いてくれた。

懐かしい、なんだか祖父を思い出させるその宦官は、せめて僕が満足するまで――そう、必要なら一晩中仏に縋《すが》れるように手配してくれると言うことだった。

「……仲の良いご兄妹《きょうだい》だったんですか」

老宦官が僕を心配しながら部屋を後にした後、耀庭が言った。

「いいえ、全然」

「…………」

耀庭だけでなく、絶牙が僕を少し怪訝《けげん》そうに見た。でも、多分姐さんだって同じだ。むしろ僕以上に、姐さんは二人の兄を軽蔑《けいべつ》していたから。

「でも……わからないものですね。わたくしが思っていた以上に兄は、『兄』だったようです」

僕だって少しも好きだと思わない兄なのに、いざ彼が危篤と聞いて心がざわついた。姐さんの身代わりになると決めた時もそうだった。覚悟をしてきた筈《はず》なのに、実際にその時になると心は不安に揺れる。頭の中で思っていた筈の自分とは、違う僕が現れたのだ。

今もまた、病の淵《ふち》にいるという兄を、案じずにはいられなかった。

人の心とは、なんと不確かで不可思議なのだろう。

二

生成りの衣に着替えた僕は、いつものような化粧や装飾もないのに、不思議と鏡の前できちんと翠麗《すいれい》だった。

僕が『翠麗』になって四ヶ月が過ぎ、今ではもう意識しないでも、妃嬪らしい立ち振る舞いが出来るようになってきたっていうのもあるかもしれない。

華清宮であんなにも桜雪《おうせつ》に叱られた優雅な所作が、今ではもう苦にならない。

だけどこのまま『翠麗』に慣れていくのは怖い。

せめて連絡が取れたら良いのに、と思う。黄滉《おうこう》兄さんが今死の床にあるということを、姐《ねえ》さんは知っているのだろうか？

それとも知ったとしても、姐さんは心配せずに平気でいるだろうか――いや、そんなことはないだろう。

姐さんは優しい人だから、怒りながらも結局僕のように心配するに違いない。

せめて姐さんの代わりに、僕がしっかりご祈願しなければ。

夕刻であるせいか、人払いをした仏間は広くがらんとしてもの寂しい。

煌《きら》びやかな仏具や装飾がやたらに眩《まぶ》しくて、逆にひっそりと冷気を感じる。

けれどその豪華さにも負けず、大唐《だいとう》らしい鮮やかな彩色の仏像、菩《ぼ》薩《さつ》像は神々しく、嫋《たお》やかで美しい。

中でも蓮華《れんげ》座の上に鎮座まします勢至《せいし》菩《ぼ》薩《さつ》は、とても優しいお顔で僕を見下ろしていた。

亡き武恵妃《ぶけいひ》様に似せて彫られたという勢至菩薩像の、その優しい眼差《まなざ》しのお陰だろうか？　静かに手を合わせていると段々僕に冷静さが戻ってきた。

おちついて振り返ればわかる。僕にとって黄滉兄さんの存在には、本当にいい思い出がない。

嫌みで陰険な長兄の青藍《せいらん》兄さんに比べれば、黄滉兄さんはまだ幾分優しい人ではあるけれど、あくまで『比べて』というだけだ。

それに屋敷で一番体が大きくて、粗野でがさつな黄滉兄さんは、とにかく乱暴だった。しかも青藍兄さんの手先のように言いなりになって、僕に直接手を上げるのは、きまって黄滉兄さんだった。

そんな人なのだから、いなくなってくれたらせいせいする――筈だ。

兄さんたち二人はともに穀潰《ごくつぶ》しで、姐さんと父上、叔父上を困らせてばかりだし。

家族だったような気もしない。どうなっても構わない――と、思うのに、なぜだかふと、池に落ちてしまった僕を、笑いながらもすくい上げてくれたことを思い出した。

自分も濡《ぬ》れてしまったのに、ちっとも気にしていない様子で僕を引き上げてくれた黄滉兄さんの、あの大きな手の感触を。

乳母から逃げてきた彼が、口封じと言って山査子《さんざし》串《くし》をくれた事もあった。

だけどそんな優しい所なんか、数えるほどだった。

家に居るのが嫌になるくらい、嫌いな人だったのだ。

嫌いなのか、それともそれでも好いていたのか、迷子になった自分の心に途方に暮れてしまった僕は、今すぐ姐さんに会いたいと思った。

気持ちを分かち合いたかった。同じ思いである人と。

でもそれは叶《かな》わなくて、結局僕は必死に祈りを捧《ささ》げるふりをした――いや、もしかしたらふりじゃなかったのかもしれない。

「寒くないですか？　お茶をお持ちしましょうか？　何か欲しいものはありますか？」

そうしてしばらく経った後、ずっと静かに控えていた耀庭《ようてい》が問うた。どうやら絶牙《ぜつが》の指示だったようで、彼は絶牙の顔を見た後、僕に優しく言った。

「……自由」

「はい？」

「帰りたいわ」

「あ……」

「帰りたい。お兄様が亡くなられる前に。このままじゃ恨み言だって言えないままだもの……」

「それは――」

困ったように耀庭が再び絶牙を見上げた。絶牙が申し訳なさそうに首を振る。

「わかっています……言ってみたかっただけです。ごめんなさい」

「僕たちも、華妃様をお連れできたら良いのですが……」

いつもは失礼が服を着たような耀庭も、今日ばかりは本当に申し訳なさそうに頭《こうべ》を垂れて言った。

そうだ、わかってる。こんなことを言っても、彼らが困るだけなのだ。

でも我慢が出来なかった。

後宮の女性は原則外に出ることは許されない。

以前一度だけ貴妃様が陛下と大喧嘩《おおげんか》をして、ご生家に戻られてしまった……という話は聞いた事があるものの、陛下がお許しくださるような、それ相応の理由がない限りは妃嬪も女官達も後宮の中だ。

とはいえ宴《うたげ》などの席に同席することもあるし、一年に一度、三月三日の上巳節《じょうしせつ》だけは、女官達は家族に会い、そして妃嬪達も後宮を出て、城の東南にある曲江池に行く事が許される。

御祓《みそぎ》という名目で、ぞろぞろと美しい妃嬪達が歩く様は『麗人行』と呼ばれ、晩春の長安の風物詩だ。

そして姐の翠麗が姿を消したのもこの日。

未《いま》だに戻ってこない姐さんが、どうやら『安禄山《あんろくざん》』という、康国と突厥の血を引く節度使の所にいるようだ……という事はわかっているものの、僕から連絡をする術《すべ》もない。

姐さんさえいなくなったりしなかったら、僕は家に帰れただろう——なんて、恨み言は考えたくはないけれど、せめて連絡が出来ていたら、逆に僕の代わりに姐さんだけでも、逝く兄を見送ることが出来たかもしれないのに。

結局この、何も出来ない時間が歯がゆくて辛《つら》かった。

せめてもう少し、何かの役に立ちたいと思った。『偽物の翠麗』として、不相応にたくさんの人に傅《かしず》かれているせいかもしれない。

勿論《もちろん》、僕はここにいるだけで、姐さんの助けにはなっているのも確かだけれど。

でも本当はもう少し僕自身が何かをしたかった。姐さんが本当に僕を信じてくれているというなら、もっと、何かを——。

「梅麗妃《ばいれいひ》様がお見えです」

その時、見覚えのある女官が、仏間を訪ねてきた。

「人払いをしてある筈《はず》ですが？」

すぐに耀庭が応じてくれた。その女官は他でもなく、あの意地悪そうな梅麗妃の女官だったので、僕は毅然《きぜん》とした態度の耀庭に感謝をした。

だって今日ばかりは、そっとしておいて欲しかったのだ。それに今日、この仏間を一人で使う許可は既に戴《いただ》いている。

確かに席次こそ上である梅麗妃といえども、正一品という位自体は同じなのだから、拒否する権利くらい僕にもあるはずだ。

だけどそんな僕らを無視するように、梅麗妃が現れた。

「聞こえませんでしたか？　今日は……」

耀庭が更に語気を強め、彼女たちを拒もうとしたが、梅麗妃はそれを煩わしそうに手で払った。

「梅麗妃様……」

「わかっている」

彼女がややぶっきらぼうに応《こた》えた。その衣装は普段とは違い、僕同様に質素な白い斉胸襦裙《せいきょうじゅくん》だ。

「兄が危篤と聞いた」

「は……はい。そうなのです……ですから――」

「忘れたか？」

「はい？」

「まぁ……誰にも優しいそなたの事だ。覚えておくほど特別な事ではなかったかも知れぬが――妾《わらわ》の兄が死の淵《ふち》にあった時、同じように神仏にすがるしかない妾を案じ、そなたは朝まで妾に添うてくれた」

「あ……」

「そなたのことは勿論好いておらぬ――だがあの夜、妾は確かに華妃に慰められたのだ。その恩は返さねばならぬ」

その表情は普段の梅麗妃のものよりも随分優しく、そして『恩を返す』といいながら彼女が僕を――翠麗を案じて、ここに来てくれたというのがわかる、静かで低く、温かい声だった。

「それに……そなたが言うていたではないか。今、同じ屋根の下で暮らしている妾達は姉妹のようなもの。普段はいがみ合おうとも、せめて辛い時くらいは互いを労《いたわ》ろう」

いつもは怖いくらいだった梅麗妃の言葉に、僕の両目から涙が伝う。彼女はそんな僕を案じるように隣に座って肩を寄せ、僕の両手を膝《ひざ》の上で包んでくれた。

そして同時に僕は気が付いた――ああそうだ、ずっと不思議だったんだ。

何故、どうして楊《よう》貴妃様があんなにも『翠麗』を大切にしてくれるのか。

そして今、あの『後宮の妃嬪《ひひん》は全員好かぬ』と公言して憚《はばか》らない梅麗妃ですら、わざわざ慰めに来てくれている。

それはきっと今まで姐《ねえ》さんが、二人に優しくしてきたからなのだ。

姐さんは人の痛みがわかる人だ。辛く悲しい事がけっして少なくない後宮で、きっとちゃんと二人に寄り添って、二人の心の痛みに触れてきたから、だから二人もこうやって『翠麗』の味方でいてくれるのだろう。

いつも僕を守ってくれた姐さんを、今僕が守ろうとしているように。

「こんなに冷たい手をして……すぐに茶を淹《い》れよう。どうせ何も食べておらぬのであろう？　柳のような体をしているのだ。食べねばそなたまで倒れてしまうではないか」

梅麗妃は叱るような口調で言うと、女官に手で合図をした。

ふわりと蓮茶《はすちゃ》の甘い湯気と共に、焼けた餅《もち》と油の香ばしい香りが部屋に入ってきた。

「胡餅《こべい》じゃ。以前『弟の大好物』と言っていたじゃろう？　だから用意させたのじゃ……これならば断れずに食べるであろう？」

「わざわざ人に頼んでくださったのですか？」

「妾達は日々忍従しておるのじゃ。このくらいのわがまま、ばちなどはあたらぬわ」

ふふん、と梅麗妃が胸を張って見せたので、思わず僕の頬も緩んでしまう。

と、同時に僕のお腹がぐぅぅと鳴ったので、梅麗妃が声を上げて笑った。

「だが辛い時に寒さと飢えは禁物じゃ。何でも良い。憂いに負けず、必ず食べるようにせよ」

胡餅は西域から伝わった餅で、麦の粉を練って肉を包み胡麻《ごま》を振り、炉で薄くぱりぱりに焼き上げた屋台の味だ。

大抵は胡族の商人が、路上で焼きたてを売ってくれる。

なのであまり行儀の良い食べ物じゃない。

庶民的で美味《おい》しいけれど、僕はともかく山東《さんとう》貴族のお姫さまである梅麗妃には、身近な味ではないはずだ。

だけど僕と翠麗はよく屋敷を抜け出して、こっそり二人で屋台に買いに行った。

あつあつで、薄い生地が湯気で膨らんでいて、囓《かじ》るとぱふっと縮むのだ。それが美味しくて、楽しい。

梅麗妃はわざわざそれを宦官《かんがん》に買いに行かせ、さらに少しでも熱々で食べられるように、厨房《ちゅうぼう》で温めてもらったらしい。

屋台で買ってすぐのものよりも膨らみは悪く、生地は所々少し焦げて硬かったけれど、久しぶりの胡餅はとても美味しいし、ここまで少しでも美味しく届けようとしてくれた人達への感謝が、一口囓る度に肉汁とともに胸に溢《あふ》れる。

「ふふふ、美味じゃ」

僕が美味しそうに食べ始めたのを見て、麗妃もゆっくりと胡餅を囓り、湯気の中で目を細めた。

「梅麗妃様も、胡餅を召し上がることがあったのですか？」

「そうじゃな……後宮に上がる前に一度だけ」

そりゃそうだろう。胡族から伝わった西域の料理は『胡食』と呼ばれ、その文化同様に貴族の間で流行してはいるが、胡餅は坊間《まち》の味なのだ。

「買いに行って、叱られませんでしたか？」

お陰で父によく叱られた――と思い出しながら問うた僕に、梅麗妃は静かに微笑んだ。否定するでなく、肯定するでもなく。そしてそれはどこか寂しげで、苦しそうで、僕はそれ以上聞けなくなってしまった。

「…………」

しばらくの間、二人で胡餅を食べ、お茶を飲んだ。お互い黙ったまま。

「……兄とは仲が良かったのか？」

やがて唐突に、梅麗妃が言った。

「いいえ、そんなには……会えないことが辛いだなんて、自分が一番驚いております」

「そなたは己で思うより、少し優し過ぎるのじゃな」

「そうでしょうか」

「だが……覚悟を決めてここへ来たつもりではあったが、会えず、声もかけられぬまま、ただ報《しら》せを待つだけというのは……こんなにも苦しいとは思わなんだの」

ほう、と手にした蓮茶の湯気を溜息《ためいき》のように吐いて、梅麗妃は呟《つぶや》くように言った。

「梅麗妃様でもそうなのですか？」

「まぁ、その頃には妾は皇后になっているか、陛下の一番の寵《ちょう》を戴いている筈だったのでな」

まさか梅麗妃のような女性でも？　と驚きを隠せない僕に、彼女は肩をすくめて言った。確かにそのくらいの立場になれば、陛下にお願いして生家に帰らせて貰《もら》うことだって出来ただろう……。

「……のう翠麗？」

「は、はい!?」

突然『翠麗』と名を呼ばれて慌ててしまった。彼女からは普段は姓名ではなく、ただ『華妃』と距離を置いた呼び方をされる事が多いからだ。

「あの夜の事じゃ」

梅麗妃は僕の困惑には気が付かない様子で話を始めた。その表情はやっぱり優しかった。

「あの夜……取り乱したように泣く妾を嗤《わら》いもせず、何も聞かず、ただこうやって手を取り、朝まで添うてくれたことを感謝している。だから今宵《こよい》は、気晴らしに妾の話を聞いてくれないかえ」

「梅麗妃様の?」

「そうじゃ……あの時逝った、妾の兄の事じゃ」

「お兄様の……」

同じように後宮で家族に会えぬまま、彼女は兄を見送ったんだ。姐さんに慰められながら。

今ここに姐さんはいないけれど、僕には今、代わりに梅麗妃が居てくれる。

聞いてくれと言われて素直に頷《うなず》くと、梅麗妃はもう一度蓮茶で唇を湿らせ、自分の近侍の女官と、そしてずっと控えてくれていた、絶牙と耀庭を部屋から下がらせた。

仏間が僕と彼女の二人だけになり、薄暗い部屋で灯《あか》りが揺らめくのをしばらく眺めてから、梅麗妃は唐突に口を開いた。

「――三月三日じゃ」

「え⁉」

心臓が、どくん、とはじけるように震えた。

三月三日の上巳節《じょうしせつ》は、他でもなく姐さんが消えた日。

「よく晴れた春の暖かい日……あれは妾が後宮に上がる少し前の事であった」

三

梅麗妃《ばい》のお父上・江仲遜《こうちゅうそん》氏は医師であり、学者であり、貴族であったという。

若い頃は尚薬局《しょうやく》で、皇帝や御子《みこ》達の健康を預かる立場にいたそうだが、あることで解雇された。

理由はどうにも女癖が悪かったからだ。

そうして今度は貴族相手の医師となった彼は、名医として讃《たた》えられる一方、多情であることでも名を馳《は》せて、広い屋敷に常に五〜六人の妻を囲っていたのだった。

唐の法律では、富む者が愛人を持つのは禁止されていない。が、それは同じ屋敷に住むというのが前提で、隠れて別所に囲うのは則に反する。だから当然、彼の奥さん達は一つの屋敷でいがみ合い、憎み合って過ごしていた。

故に子供同士の仲も良くはなかった。母が子に、憎悪ばかりを教えるからだ。

そんな中、唯一梅麗妃が慕っていたのが母親の違う次兄。僕の兄さんとは逆に、頭脳明晰《めいせき》で寡黙で美しく、そして優しく真面目な男だったという。

「本当に美しい人だったのだ」と梅麗妃はうっとりと呟いた。

当時は気が付いていなかったそうだが、全ては彼女が後宮に妃嬪《ひひん》として上がるためだったのだろう。

もとより医師で、かつては陛下にお仕えしていただけあって、陛下が妃嬪を毎晩のように侍《はべ》らせる、大変健康な方であったのを知っていた仲遜氏は、娘の梅麗妃——江采蘋《さいひん》を今より健康な娘にしなければならないと考えた。

「当時妾《わらわ》は本の虫でな。九つの頃には詩経の周南篇と召南篇を諳《そら》んじていたので、科挙でも受けるつもりなのかと義母達に嗤われるほどだったのだ。そなたほどではないが当然体も細く、毎年一～二度は体を壊して床に就いていた。父はそれでは妾が毎夜陛下のお相手を勤め、御子を授かれぬと案じたのだろう」

確かに今も陛下は毎晩楊《よう》貴妃様のみに寵愛《ちょうあい》を注いでいる。いつも気に入った妃《きさき》を集中的に愛《め》でられるので、寵愛を受ける妃嬪もそれだけ健康である方が良いのだろう。

女性が体を作るには、乗馬が良いと言われている。

そこで名前が挙がったのが、馬の扱いに慣れた、次兄の江雨林《こううりん》であった。

「雨林は母親が胡姫《こき》（※異国の舞姫）でな。顔立ちも胡族のように凛々《りり》しく、瞳《ひとみ》は雨でけぶる森のような、美しい青灰色をしていた」

その姿容だけでなく、彼は身の丈も六尺五寸と高く、金吾《きんご》（※街の警衛）の職に就く武人らしい立派な体軀《たいく》をしていたので、父は雨林に妹の世話を任せることにした。

また武人である彼ならば、やがて陛下に嫁ぐ予定の美しい娘を、悪い虫から遠ざけられると思ったのかもしれない。

「父は娘達の中で誰より妾を慈しんでおったのじゃ。生真面目な兄はいわばお目付役だったのだな」

尤《もっと》も、同じく生真面目な梅麗妃に、悪い虫など付きようもなかったのだが。

とはいえ兄は、華奢《きゃしゃ》な妹が少しでも丈夫になるように、よく馬に乗せた。

幼い頃は彼と共に、やがては一人で馬にまたがり、兄と一緒に長安郊外まで馬を走らせた。

堅苦しい家から抜け出して、胡服に身を包み、髪を風に躍らせながら兄と馬を駆ったのだ。いくつもの季節を。

「たかが馬と思うかも知れぬが、あれはなかなか良い運動でのう。父と兄の願い通り妾はよく食べ、そしてよく育った——まぁ、貴妃のような柔肉《やわじし》とまでは行かないが、陛下好みの丸い乳と尻《しり》になったのじゃ」

そう言って梅麗妃がゆさっと胸を張ったので僕は慌てて俯《うつむ》いた。確かに彼女は背が高く、ほっそりとした体つきではあるけれど、翠麗よりもなんというか……より女性的な体をしている。

「雨林は優しい男だった。思慮深く、口数も多くなく、そして聡《さと》かった。妾は雨林の『沈黙』が好きだった」

「何も言わない兄が側に居ることが、何よりも快かったのだ」

「……少し、わかります」

それは、物言えぬ絶牙《ぜつが》がいつも僕の側に控えていてくれるような、そんな安心感と同じだろうか。

「沈黙が、ですか？」

沈黙は肯定、信頼の証《あかし》。そして庇護《ひご》。守ってくれているという安心感――無関心ではない、大切にしてくれる人、信用できる相手の沈黙は、心地よい。

「そうして時々、妾を『采蘋《さいひん》』と呼ぶ声がいっとう好きだった」

「本当に仲が宜《よろ》しかったのですね」

「そうじゃな……妾は雨林の事が好きだった。幼き頃は純粋に兄への思慕に過ぎなかった。が、いつの間にかそうではなくなっていたのだ」

「そうではない？」

と、思わず聞き返した僕に、麗妃は寂しげに笑った。

「妾にとって、今も愛《いと》おしい方は雨林ただ一人」

「……あ」

「妾を汚らわしいと思うか？」

「………………」

挑むように、窺《うかが》うように、上目遣いで問う梅麗妃に驚いてしまって、言葉が詰まってしまった。

僕も姐《ねえ》さんの事は大好きだけれど、おそらくこれは――梅麗妃の言う『愛』は、そういう事ではないのだ。

父親の同じ兄弟をそんな風に異性として慕う事は、確かに普通のことではないし、おぞましいと思う人も居るだろう。僕はどうしたって姐さんを、そんな風には見られないし。

だけど梅麗妃の傍らに、他に異性はおそらくそう何人も居なかっただろう。

美しい人が側に居て、ずっと自分を大切にしてくれるのだ。肉親への愛情が、違う物に変わることも中にはあるのかもしれない……。

そんな風に必死に理解しようとする僕を見て、梅麗妃の表情がまた和らいだ。

それに……一つだけ確かなのは、もうその人は亡くなっていて、彼女は後宮の妃嬪――二人は結ばれていないんだから。

だからこれけきっと、悲しいお話なのだ。

僕は改めて姿勢を正した。

「麗人行の日じゃ。妾が後宮に入る少し前。曲江池《きょっこうち》まで歩く後宮の女達の長ながとした華やかな列を見ながら、突然兄は妾の手を取って『逃げよう』と言った。何がなんだかわからなかったが――妾は嬉《うれ》しかった」

後宮の女性達は、毎年三月三日に、長安郊外の曲江池まで御祓《みそぎ》に行く。普段美しい彼女たちを目の当たりにする術《すべ》のない都民達は、みんなこぞってそれを眺めに行くのだ。

そういった人混みから背を向けて、活気ある長安の街を二人で歩いた。

春の風は優しく柳を揺らし、花が咲き誇る。美しい長安の街でまるで恋人達のように手を繋《つな》いだ。

今まで東市《とうし》（※富裕層相手の市）ですら、一人で歩いたことのなかった梅麗妃だったが、兄と二人で向かったのは、庶民の集まる西の市《にしのいち》。

様々な出店や異国の物が溢《あふ》れる雑多な市を、胡餅《こべい》片手に練り歩いた。

「何もかもが初めてじゃった。あんなにも刻《とき》が惜しいと思うたことはない」

祭りの浮かれた空気にはしゃいでいるうちに、無情にも時間はあっという間に過ぎた。

二人で夜空に月を探したが、雲が厚くて見つからなかった。梅麗妃はそれでも良かったと言った。辺りは暗く、すべてを隠してくれたから。

「互いの気持ちを明かしたわけではなかった。ただ一度だけ、兄の指先が唇に触れただけじゃ。胡餅の欠片《かけら》が付いていると――それだけで夢のようじゃった」

愛おしげに、惜しむように、半分ほどになった胡餅を見下ろして、梅麗妃は声を絞り出した。

泣いているのかと思ったけれど、その頬に涙は伝っていない。

気丈な人――或《ある》いはいつもこうやって、泣くのを耐えてきた人なのだと、僕は胸が絞られるように痛んだ。

「……雨林は善良な男であった。そして妾《わらわ》たちは兄妹《きょうだい》。それは永劫《えいごう》変わらぬ。だが妾は聞かされておらなんだが、雨林は知っていたのであろう。妾が後宮に召されることを」

結局、彼がどんな風に梅麗妃を思っていたのかはわからない。

彼女と同じ形をしていたのか、それとも有無を言わさず陛下に捧《ささ》げられてしまう妹を、哀れと思ったのか、可愛い妹との別れを惜しみたかったのか。

或いは想いに気が付いていて、それを断ち切らせるための夜だったのか。

けれど二人のささやかな逃避行はすぐに見つかり、梅麗妃は家の者に連れ戻され、そして彼女は予定より早く後宮へ上がることとなった。

二人の関係を知った侍女か、母親の仕業だろう。

「だが、それで良かったのだ。雨林は兄である。妾は妾。添えぬとわかっている。で、あるならば、誰に嫁いでも同じ。それも皇帝がお相手なのだ……己を納得させるに十分だった」

確かに彼女も姐さんも、今はこの通りだけれど、実際陛下は梅麗妃の札ばかり引いてくださる時期もあったと聞いている。

特に武恵妃《ぶ》様が亡くなった頃、陛下が一番寂しくお辛《つら》い時期を支えたのは彼女だったのだから。

けれどその寵《ちょう》も途絶えたある日、実家から雨林氏が危篤と知らされた。

急な流行病《はやり》に倒れ、峠は今夜と聞かされて、必死に暗い夜を祈って過ごした。

その時姐さんは、夜が明けて梅麗妃が次兄の訃報《ふほう》を受け取るまで、ずっと側にいたのだという。姐さんが優しい人で良かったと、僕は心から思った。

この目の前の優しい人を、少しでも救ってくれたんだったら、本当に良かった。

「妾にとって雨林は愛おしい人だったが、そなたにとっての次兄はそうではないのだろうな。優しいそなただから、心を深く痛める事には変わらぬであろうが……少し安《あん》堵《ど》している──こんな想いは、妾だけでたくさんじゃ」

吐き捨てるように言う梅麗妃のその優しさは、今までもちらりと見せてくれてはいたけれど、僕は彼女をもっと冬のような人だと思っていた。

でもきっと、弱いままでは耐えられなかったのだろう。

後宮の正一品、四夫人という後宮で皇后に次ぐ位を戴《いただ》く女性は、やはりそれだけ強く、賢くならなければならないのだろう。

　そして姐さんも、多分そうだったのだ。

　逃げたのは弱さのせいだろうか？　抱えきれなくなったから？

「…………」

　僕はふと、翠麗《すいれい》を想った。

　姐さんは強い人だ。賢い人だ。勿論《もちろん》今の後宮での暮らしを憂う気持ちはわからなくはないけれど、でも……僕はやっぱり、姐さんは弱さを理由にここから逃げたりしない人だと思った。

　だとしたならば姐さんは、いったいなんの為に行方をくらましてしまったのか……。

「――妃」

「え？」

「大丈夫か、華妃」

「あ、あの……」

　心配そうに梅麗妃に問われて、僕は我に返った。

「こんな時に話すには、余計な事であったな」

「い、いいえ！」

　申し訳なさそうに言われて、慌てて否定した。

彼女自身も、いつか誰かに聞いて欲しかったのだと思う。そしてきっと彼女は自分の弱さを再びさらけ出すことで、悲しむ『翠麗』に寄り添ってくれようとしてくれたのだ。

「梅麗妃でもそんな風に思われるのだと知って、ほっといたしました。我慢できないのはわたくしの覚悟が足りないせいかと、そう落ち込んでしまっていましたものですから」

「当たり前じゃ。そんな簡単に死の覚悟などできていたら、人は生きるために必死になりはしないであろう」

なる程……それは確かにそうかもしれない。

「それに案ずるな。まだそなたの兄が助からぬと決まったわけではないし——雨林も確かに流行病と伝えられはしたが、妾は実際……兄は毒を盛られたのだと思っている」

「……え？」

思わず手にしたお茶を零《こぼ》しそうになってしまった。

「ど……毒、ですか？」

「そうじゃ……正妻の子である長兄が家を継ぐのは道理と言われてきた。とはいえ、長兄は本当に愚鈍でのう、ある日餅を喉《のど》に詰まらせて死んだのだ。それから日を置かず、雨林も逝った。ゆえに今、家を継ぐのは三番目の兄ということになっている」

「では……その……三人目のお兄様が……？」

まさか彼女の兄は、弟に毒を盛られて死んでしまったというのだろうか⁉

「……彼奴《きやつ》は性根の悪い男だ。確かに雨林に毒を盛れば、家を継ぐのは彼奴一人になるのだ。しかもあの男、いつも胡族の血を引く兄を蔑《なみ》しておったのじゃ。自分こそ家を継ぐべきだと、大方そう思ったのだろうな」

淡々と梅麗妃はまるで他人事《ひとごと》のように話した。愛した人が殺されたというのに。

「わかっていたら何故⁉」

「確信がある訳ではない」

「毒とは……いったいどのような、症状で亡くなられたのです？　それを伺えば、もしかしたら何かがわかるかも――」

思わず身を乗り出して言いかけた僕を、梅麗妃はまるで凍り付いたような表情で「今更じゃ」と拒むように言った。

「わかりません、調べてみなければ」

「まさか、そなた毒妃に問うつもりではあるまいな？　今更そのような事を調べても――」

そう言いかけて、今度は梅麗妃が言葉を詰まらせ、少し黙り込んだ。

そうしてゆっくり目を閉じ――やがて開いて、それでもやはり彼女は首を振った。

「だが……もしそうであったとしても、今は我が家の男子は三男一人。娘は財を継げぬ。父が逝った後、家を継げるのは三男一人なのだ」

梅麗妃のご生家は、子は多いがほとんどが女子で、三男の子もまた女児だという。

父親の死後に例外的に母親が家を守る事は許されるが、娘には財を継ぐ権利がないのが、この大唐の法なのだ。

僕の家も、兄姉の中で最も優秀な翠麗には、家の財を継ぐことは許されない。

だからもし父と兄二人に何かあったら、家を継ぐのは僕か、叔父上《おじ》になるだろう。

「……たとえどんなに憎くとも、三男には家を継ぐ資質がある。少なくともあの強欲無能な母達に、家を喰《く》らい尽くされる訳にはいかぬ」

だから罪を咎《とが》め、三男が捕らえられなどしたなら、家は大変なことになるだろう。復讐《ふくしゅう》も同じだ。

貴族の中でも名家である江家を、自ら混乱に落とすわけにはいかないという。

――家、か。

『母親』が不在であるせいもあって、自由奔放に見せかけて、姐《ねえ》さんもいつも家のことを考えているようだった。

一家の女主人たる風格と言えば聞こえはいいが、姐さんや梅麗妃のように、地位を得た聡《さと》い女性でも、それでも結局は男性の物になって、家に取り込まれてしまうしかないのか。

「………」

翠麗姐さんなら、ここで納得できるのだろうか……。

「妾《わらわ》を無情な女と呆《あき》れるか？　だが、妾の心はあの日、雨林と共に逝ったのだ」

だけどそう静かに言う梅麗妃の瞳《ひとみ》が光った。悔しくて、梅麗妃があんまり可哀想で、僕は頬に伝う涙を我慢することが出来なかった。

「翠麗、そなたは人のために泣きすぎなのじゃ。まったく……ここで女達の泣く声は、妾にとってはむしろ愉快だというのに、そなたの涙にだけは、まるで子猫を打つように胸が痛むの」

梅麗妃はそう言って大きく溜息《ためいき》をつくと、「仕方ないのう」と呟《つぶや》き、衣の袖《そで》で僕の目元を拭《ぬぐ》う。

「ですが……お医者様である、お父上すら手を焼く症状だったのですね？」

「本当に毒だったとしてだが、ヒ素や、よく知る毒のそれではなかった。少なくとも医者である父上が扱ったことのない、珍しい毒だった筈《はず》じゃ」

「そのような毒をどうやって手に入れ、そしてお兄様に服《の》ませたのでしょう。三人目のお兄様にはそのような伝《つて》とその術《すべ》が？」

「わからぬ。だが確かに時々素性の知れぬ相手と――」

　そしてそこまで言って「……まるでそなたが『毒妃』のようではないか」と彼女は呆れたように「むう」唸《うな》る。

「ですが……女性といえども梅麗妃様はお強く、また賢くておられます。もし万が一その毒が、今度は梅麗妃様を害したりしないか、気がかりですわ」

　兄二人を手にかけた三男が、梅麗妃を煩わしく思って……という可能性もあるだろう。

「確かに……識《し》らぬままでは、己を守ることも敵《かな》わぬか……」

　そう言ってもう一度溜息をついた後、梅麗妃は今度は「誰ぞ、来よ」と部屋の外に呼びかけた。

「まったくそなたは仕方がないのう」

　すぐに彼女の女官と、宦官《かんがん》の二人が現れる。そして心配した二人が呼んだのか、いつの間にか桜雪《おうせつ》も控えていた。

「だがそれがそなたにとっての気休めにもなるなら良いだろう。確かに毒妃ならば、何かわかるかもしれぬ。そしてたとえ真実を知っても耐えられぬ程、妾は弱くない──誰か、今すぐ毒妃を呼んで参れ」

終

日が既に沈んでいたものの、ドゥドゥさんが起きるには少し早い時間だ。

それでも珍しい毒と聞いて、彼女は白い頬を微《かす》かに上気させ、僕らの下へやってきた。

「では梅《ばい》麗妃は、ご家族が毒殺されたと申されますか？」

「かもしれぬ、と言うだけじゃ」

「して、その症状は？」

いつも思うが、ドゥドゥさんはちょっとせっかちだ。

毒を前にして、悠長にしてはいられない……というのは勿論《もちろん》わかるのだけれど、今みたいな状況でも、彼女はとにかく本題に入るのが早い。

とはいえ梅麗妃も、無駄な雑談を楽しみたい訳ではなかったのだろう。

兄の立場や父が医師である事、一家の状況を簡潔に説明した上で、梅麗妃は「聞いた話によると……」と雨林氏の当時の容態を話し始めた。

「雨林は夕餉《ゆうげ》の後、突然倒れたかと思うと、嘔吐《おうと》しながら全身を痙攣《けいれん》させ、そのまま意識を失ったという。だが、食事はみな同じ物を摂《と》っていたし、残された物からは毒らしき物は見つからなかった」

梅麗妃の父は医師。突然倒れたのを見て、最初はまず悪い風に中《あた》った（※脳卒中）と思ったらしい。

若くて元気な男性でも、時々あるのだそうだ。

だが診たところ、どうやらそうではないらしい。

「故に今度は何か、食事に腐った物でも含まれていたのではないかと思った。だがその日、雨林は一日屋敷にあって、父と同じ物を食べていた。母達もだ。老人や弱い女達が平気なのに、一番屈強で健康な雨林だけが倒れるというのは、些《いささ》かおかしい」

確かに同じ物を食べていても、病になる者がいる。が、その多くはやはり子供だったり、か弱い女性だったり、老人なのだ。

少なくとも雨林氏は、その中で一番若く、また屈強な体をしていた。その彼だけが食事で病になるとは思えない。

それに病を避けてか、梅麗妃の父上は、食材を生で食べるのを好まないらしい。

「葵《あおい》は四季の最後の月――三月や六月に生で食べると持病が再発するからいけないと、よく乳母が申していましたが……全部なのですか？　空心菜《くうしんさい》などを生で潰《つぶ》して食べると美味《おい》しいですが……」

特に葵なんかは、霜が降りた物も体を悪くすると言うし、辣韮《らっきょう》も三月だけは生で食べてはいけないと聞く。そんな風に生で食べてはいけない野菜、生で食べてはいけない時期があるというのは知っているけれど、全て火を通して食べるっていうのは珍しい。

「肉はもとより、野菜にも時々人の肝に巣を作る毒虫がおりますゆえ、お父上の判断は間違っておられませぬ」

梅麗妃の説明を肯定するように、ドゥドゥさんも頷《うなず》いた。

「え……」

嘘でしょ……生の野菜に塩と酢を振って食べるの、僕は大好きなのですが……。

「まあ……念入りに洗えば、さほど心配ではないのだが、華妃は気をつけたほうが良かろうな」

「うむ」

梅麗妃が頷いた。僕はそこまで弱くはない……筈なのですが。

「幼い四男が鶏《とり》を鱠《なます》で食べて死んだのでな。以来父は肉だけでなく、魚も野菜も生で食べることを禁じたのじゃ。特に子供達の口に入る物に気を配っていた。故に雨林が

――それも雨林だけが、食べ物に中るのはおかしい」

「でしたら、流行病《はやりやまい》というのは……？」

「結局の所原因がはっきりせぬが故に、父がそう見立てただけなのじゃ」

父親であり、かつては皇帝にお仕えしていた医師ともあろう者が、病名のわからないまま息子を逝かせる訳にもいかなかったのだろう。

「とにかく倒れた雨林の容態はみるみる悪化し、その二日後に死んだ。雨林が家族以外と食事をしたのは前日になる。確かに毒であるならば、そこまで効くのが遅いとは思えぬ。だが何か別の方法で、毒を含ませたのではなかろうか」

「例えば？」

ドゥドゥさんが、薄く微笑んで問うた。

「……なに？」

「通常、死ぬほどの量の毒を本人に悟らせずに服ませるというのは、言うほど簡単なことではありせぬ。まして体の大きな武人なれば、余計に量は多く必要でありましょう」

どんなに危険な毒だとしても、人それぞれ、死に至るには必要な量がある。

逆を言えば、その量が伴わなければ、毒で人は死ねないのだ。

そして毒は、弱い者が強い者を害する為の物、自分の身を隠さなければならない者が使う物。

正面から相手を刃《やいば》で傷つけられぬ立場であるから、わざわざ毒を使うのだ。故に死に至る量のない毒を盛り、犯人が自分だと明るみになっては意味がない。

だから本当に毒で人を殺《あや》めようとするならば、十分な量を飲ませようとする筈だ。

「毎日少量ずつ毒を盛ることで、少しずつ弱らせ、死に至らしめる方法もありまするが、流行病と診断されたならば、少なくとも倒れられるまでの間にその兆候が無かったのでありましょう」

「なるほど、では雨林はやはり病――」

ほっとしながらも、どこか残念そうに眉間《みけん》に皺《しわ》を寄せて言いかけた梅麗妃を、「いいえ」とドゥドゥさんが遮った。

「それも、おそらく違いまする」

「…………」

けれどそこまで言うと、ドゥドゥさんはそのまま少しの間黙ってしまった。

その表情は険しい。毒の話なら、いつも笑顔になる筈の彼女が、何故だろう？

「毒妃？」

だけど僕がその疑問を口にするより先に、しびれを切らした梅麗妃が問うた。

「……そのような毒に、覚えがあります」

「まことか？」

「少量で、かつ翌日になってから効く毒があるのです」

梅麗妃の表情が一気に曇った。僕も急に胸が苦しくなった。

「珍しい毒なのじゃな」

「大秦《ローマ》より北の地に咲く花ゆえ、この唐では簡単に手に入るものではありませぬ」

「つまり高価ということか」

「はい。そして薬として使うことも出来まするが、毒は強く、僅《わず》かな量でも命を奪うのです——その話を聞くに、おそらく使われた毒は『秋水仙《イヌサフラン》』ではないかと」

「…………」

梅麗妃が、襦裙《じゅくん》の袖《そで》で口元を覆った。

僕もなんだか冷気を感じて、ぎゅっと自分の体を両腕で抱いた。

「秋水仙は臭いのない毒ゆえ、酒や酢の物などに混ぜてしまえば、食べてしまうことも珍しくありませぬ。強い苦みがあるので、たくさん摂る事は希《まれ》でありますが」

けれど一口、二口ならば、おかしいと思っても食べてしまうことはあるだろう。

「……苦しいか？　その毒は」

「残念ながら。腹の中から効く毒ですので、はらわたがひっくり返るほど吐き下し、喉《のど》が焼けるように痛み、渇き、やがて息をすることもできなくなりまする……愛らしい体の全てに強い毒を持つ花なのです」

「そうか……」

梅麗妃が低く呻《うめ》いた。

知った方が良いと思っていたはずなのに、ドゥドゥさんの答えを聞いて、僕は酷《ひど》く後悔をしていた。梅麗妃の昏《くら》い横顔に。

「だが……雨林は強い男だった。息を引き取る瞬間まで抗《あらが》い、苦しみと闘いきったであろう」

それでも梅麗妃は一度深呼吸をすると、誇るように口角を上げ、力強く言った。

「案ずるな。妾《わらわ》も強い。知る前も、知った後も、妾は変わらぬ。それに……確かに知れて良かった。もしいつか妾がその力を手に入れた時、三男を許さぬ理由が見つかった」

冷酷な笑みを浮かべた彼女の言葉は、きっと全てが本当だろう。

梅麗妃は強い女性だ。家のために耐え、そしてもし権力を手に入れたのであれば、きっとその時は復讐《ふくしゅう》をする筈だ。

「改めて礼を言おう。華妃、毒妃」

そしてこのことは、僕らの胸の中にだけ控えておくように——そう言って彼女は立ち上がった。

「翠麗、気が合う毒妃が一緒なら、そなたも心強いであろう？　妾は席を外すが……もし茶の相手が必要ならば、いつでも妾を呼ぶが良い」

「梅麗妃、一つお伺いしても宜《よろ》しいか？」

けれど仏間を後にしようとした梅麗妃に、ドゥドゥさんが呼びかけた。

「なんじゃ、申して見よ」

怪訝《けげん》そうに振り返った梅麗妃に、ドゥドゥさんはまた少しだけ悩むように俯《うつむ》き、逡《しゅん》巡《じゅん》した後にやっと口を開いた。

「兄上の病状……その話、以前にも誰かに？」

「雨林の病状であれば、そこなる華妃に」

待たされたせいだろうか、梅麗妃は簡潔に答え、そして僕を見た。

「え？」

「この通り、どうやらもう忘れているようだがな」

そう苦笑いしてから、梅麗妃は部屋を後にした。僕はそんな彼女を女人拝で見送りながら、指先から力が抜けていくのを感じていた。

「小翠麗《しょうすいれい》！」

「ドゥドゥさん！」

そうして梅麗妃の姿が見えなくなると、ほぼ同時に互いを呼び合い――そうして言葉を失った。

お互い、真っ青な顔をしていたからだ。

「……毒なき華の君から申してみるが良かろう」

ドゥドゥさんが弱々しい声で言った。

「それが……梅麗妃の兄上と、生家で床についている兄の黄滉《おうこう》も、同じような症状なのです。状況も似ています。北里《花街》の茶店で突然倒れたのですが、一緒に居た数人の友はみな無事で……」

もしかしたら、次兄も同じように毒を盛られたのでは？　と、急に怖くなっていた。

「…………」

「ドゥドゥさん……？」

「……初めてではないのだ」

ひどく掠《かす》れた声が返ってきた。

「え？」

「吾《われ》はこの話を聞くのは初めてではない……梅麗妃のこととは聞いておらなんだが」

ドゥドゥさんが引きつった顔で言った。いつも毒のこととなれば、嬉《うれ》しそうに咲《わら》う人が。

「どういう……事ですか？」

「『あの方』じゃ。馨《かぐわ》しき月花、類《たぐい》なき花の君」

「ね……」

姐《ねえ》さんが？　何を？　何だっていうんだ？

ドゥドゥさんは不安げに、震える息を吐いた。

「以前、彼女に『このような毒に覚えはないか？』と問われたことがあるのじゃ。故に吾は、すべてお答えした」

「……だから、何が言いたいんですか？」

「秋水仙は、この唐で知られている毒ではない」

「だから──」

「このおそらく大唐中を探し回っても、その毒について記された書はない筈じゃ。その毒は、吾《わ》が一族の守る、青嚢書《せいのうしょ》にのみ記されている」

「……まさか、嘘だ」

一瞬、目の前が真っ暗になった。

咄嗟《とっさ》に絶牙《ぜつが》に抱えられて我に返った。どうやら僕は気を失いかけてしまったらしい。

「そんな……あり得ません。そんな訳ないですよ。じゃあドゥドゥさんは、姐さんが黄涙兄さんに、秋水仙の毒を盛ったと……そう言うんですか!?」

「吾のせいじゃ……吾が教えたせいじゃ！」

そう言ってドゥドゥさんは、床に這《は》いつくばるように拝した。

「やめてください。そんな……そんなことしていただく必要はありません。だって姐さんが兄さんに毒なんて、そんな筈ないです。姐さんは誰より優しい人です！」

「じゃが……誰より賢い方でもあった」

ドゥドゥさんがくぐもった声で答えた。その声が濡《ぬ》れているような気がした。

「勿論《もちろん》、知っているだけでは役には立たぬ。手に入れるための手段が必要じゃ。例えば、胡族《こぞく》の商人だとか、地方に権力を持つ節度使といったな。だから吾も油断して——」

「節度使……？」

気が付けば、冷たいほど強く握られていた僕の拳《こぶし》を絶牙が優しく取り上げ、開かせようとした。

無意識に強く握りすぎていたのだ。すっかり慣れた気がしていたけれど、僕はまた翠麗の長く綺麗《きれい》に整えられた爪のことを忘れてしまっていたらしい。

爪が掌《てのひら》に食い込んで、血が滴り始めていたのだ。

気が付いたら急に痛みが襲ってきたけれど、お陰で僕に冷静さが戻ってきた。

「とにかく、顔を上げてください……まだ、姐さんが毒を使ったとは限りません。そもそも雨林さんを毒殺したのは、姐さんではないでしょう。だとするならば、この唐には確実に貴女《あなた》と姐さん以外にもう一人、その毒を知る者が居るはずです」

「……………」

「姐さんは節度使と繋《つな》がりを持っています。彼女がその男に教えた可能性もありますが、雨林さんの弟にその毒を教えた者の仕業かもしれません……違いますか？」

それでもドッドゥさんは顔を上げてくれなかったので、僕は不躾《ぶしつけ》を覚悟で彼女の肩に触れ、その顔を上げさせた。

「でももし、そうではなかったら？」

その表情があんまり悲しげで――急に、僕の中に怒りの感情が沸き立った。

「わかっています。どちらにせよ、貴女のその知識は、人を守るためのもの。それを悪用するものは、安禄山《あんろくざん》氏であれ、そして姐さんであれ、そして他の誰かであれ許さない。毒殺なんてそんなことは――そうです、絶対にさせません」

そうだ。

やっぱり違う。結局ここで仏に祈っていたって、何も変えられやしないんだ。

「心配しないでください――その毒は、貴女の知識に救われたわたくしが食い止めます」

第二集

玉蘭、長安にて華の毒を追う

一

次兄黄滉《おうこう》が病によって、死の床にある――という、突然の報告にも驚いたが、それが毒のせいかもしれず、またその毒を姐さんが使ったかもしれないと知って、僕は当然ながら動揺してしまった。

けれど本当に、それが姐さんとは限らない。

どちらにせよ、このままでは兄さんは死んでしまうだろう。

ドゥドゥさんは僕に、その『秋水仙《イヌサフラン》』の解毒の仕方を教えてくれた。

といっても、明確に何か薬がある訳ではないという。

以前温泉宮で、茴香《ういか》を毒から救った時と方法は同じだそうだ――ゆっくりと、炭を溶いた温《ぬる》い水をたくさん飲ませるそうだ。

炭には悪い物を吸い取る効果があるらしい。

そうして体の中に広がる毒を炭に吸い取らせ、体外に排出するのを繰り返す。

あとは結局本人の体が、残った毒に屈しないか否かの問題になってくる。必ず救えるとは限らないにせよ、なんの手段も講じなければ、兄さんは死んでしまうだけなのだ。

問題は、誰がどうやって治療するか、だ。

「どなたか人を遣わせる……というだけではいけませんか」

自分の部屋に戻り、人払いをした後、桜雪《おうせつ》が困ったように言った。僕は呻《うめ》いた。

「ですが、その方にも万が一毒を盛られたら？」

「そこは慎重に動いて――」

「もし、姐さんに会ってしまったら？」

「…………」

桜雪が口を噤《つぐ》んだ。茴香は困ったように僕と桜雪をおろおろ交互に見ている。

入れ替わりのことを、知られていけないのは、この緊急事態でも同じ。

かといって桜雪達女官だって、『後宮の女』である事に変わりはない。自由に後宮から出られる立場ではないのだ。

一刻を争う今、のんびり外出の許可を待っていることは出来ないだろう。

何も言えない絶牙《ぜつが》は、ただじっと僕を見ていた。何を考えているかはわからないけれど、でも賛成しているとは思えない表情ではあった。

「この場合、やはりわたくしが行くしかないでしょう」

桜雪と絶牙が、反対とも、諦《あきら》めともつかない息を吐いた。

「行くって、翠麗《すいれい》様がですか？」

その時、場にそぐわない、些《いささ》かのんびりな耀庭《ようてい》の声が響いた。

「あ……」

うっかりしていた。ドゥドゥさんを部屋に送り届けた耀庭が戻ってきていたのだ。

「まさか、後宮を抜け出そうって言うんじゃないですよね」

「そ……そのまさかです。ええと……い、以前この後宮で女官を務めていた姐《あね》が、次兄に毒を盛ったかもしれないのです。わたくしはどうしても、姐を——」

「ああ、いいですよ。訳ありなのは十分察していますから。詳しいことなんて仰《おっしゃ》らなくて」

入れ替わりのことを知らない耀庭に、慌ててそれらしい説明をしようとする僕を、彼は手を振って制した。

「え？」

「だって聞いちゃったら、もし万が一僕が拷問にかけられたとき、ぺらぺら話してしまうかもしれないです。だからこういう時は説明しなくてもいいんですよ。貴女《あなた》は正一品の華妃様なんだから、偉そうに僕に命じれば良いだけです」

「耀庭……」

なんなりと、と彼は立ったまま僕に宦官《かんがん》らしく頭を下げた。そしてそれに倣うように、絶牙も僕に頭を下げたので、女官二人は困ったように顔を見合わせていた。

「でも……確かに身内がその状況じゃ、そりゃ本人を説得しないと、一回人を遣《や》って助けさせた所で、また毒を使われたら終わりですもんね？」

顔を上げた耀庭が、仕方ないですよ、と肩をすくめた。

「え……ええそうね、そうだわ」

耀庭は以前から頭の良い子だとは思っていたけれど、彼の聡明《そうめい》さと理解の早さに、僕は驚いた。

「だったら……別に陛下もいらっしゃらないんだし、一日二日のことでしょう？　こっそり行かせて差し上げたらダメなんですか？」

「耀庭、あなたはなんということを……！」

あっさりと言う耀庭に、さすがに桜雪が顔を顰《しか》めた。

「だってそうじゃないと、お兄さんが殺されてしまうんですよね？　それで外でついでに誰かに会って、子供を作ってくるってことじゃないなら、別に良いじゃないですか？　陛下もいらっしゃらないし、そもそも翠麗様はとっくに寵《ちょう》の途絶えられた妃嬪《ひひん》なんですよ」

「な……」

あまりに歯に衣着《きぬ》せない言い方に、桜雪は目を丸くしていた。

でも正直彼の言うとおりだと思った。だって僕はどうやったって子供を授かれる体ではないんだ。

「だったらこのままお兄さんを死なせてしまって、これからみんなでずーっと嫌な思いをして、遺恨を残したまま暮らしていくよりも、一日くらいみんなで危ない橋を渡った方がいいじゃないですか」

勿論《もちろん》言うほど簡単なことじゃないし、そもそも自分たちの身を危うくすることだというのに、それでもそうやって言ってくれる耀庭が頼もしい。

「……私は耀庭に賛成します」

それまで黙っていた茴香も言った。

「茴香まで……」

唯一の味方を失ったように、桜雪が呟《つぶや》いた。

「ごめんなさい。でもこのままじゃ……『華妃様』はきっと、すごくお心を痛められるだろうから」

そう言って茴香は僕の目を見て、苦笑いで言った。その『華妃様』は、他でもなく姐《ねえ》さんじゃなくて僕の事なのだろう。僕は彼女の優しさに泣きそうになった。

「……とはいえ、問題はどうやってこの後宮を出るかです。そう簡単には行きませんよ」

　やがて腹をくったように、桜雪も言った。

　確かに姐さんが姿を消した、麗人行の日のようには上手《うま》くいかないだろう。

「僕たち宦官に変装されたらどうですか？　特に翠麗様はほっそりしていらっしゃるから、男の姿をすれば怪しまれないですよ。木蘭《もくらん》（※民謡に出てくる男装の女戦士）みたいでかっこいいじゃないですか」

　そりゃ、本当は男なんだから、宦官の変装は出来なくはないだろうけれど……。

「そう上手くいくでしょうか？」

「まぁ、どなたかに協力して貰《もら》わないと難しいとは思います。戻ってくる時の事もありますし――僕たち宦官のことが大好きな偉い人が良いですね。どなたかいらっしゃいませんか？　翠麗様がちょいと、お金や笑みを振りまいたら、言うことを聞いてくれるような人」

　耀庭が首を傾げて言った。

　そう言われても、僕は偉い人なんてそう何人も知らないし……。

「あ」

　だけど「うーん」と唸《うな》りながら思案する僕の脳裏に、一人の姿が浮かび上がった。

「宰相の……李林甫《りりんぽ》様……とか？」

正直どこまで信用して良いかわからない人ではあるけれど、僕が知る『偉い人』は、陛下と高力士《こうりきし》様以外に、もう彼しかいなかった。

だけど彼は陛下に気に入られた宰相の一人で、貴族であり、人脈もあるだろう。

それに馬球大会で話した彼はどうやら『高華妃』に興味があるようだった。

そんな彼にお願いすれば、一晩くらいなら後宮を抜け出す協力をしてくれないだろうか。

「ああ！　そりゃ一番うってつけの人じゃないですか」

「そう……なのですか？」

「ええ！　じゃあ僕が今すぐお使いをしてきますよ。翠麗様はその間に宦官服に着替えて変装しておいてください」

そう言って彼は、僕の髪から翡翠《ひすい》の簪《かんざし》を一本引き抜いて笑った。

翠麗が一番気に入っていたと聞く簪だ。僕の使いという証明にもなるし、おそらくお礼としても申し分ない額なのだろう。

耀庭を信じ、僕らはすぐに速やかに支度に移った。僕の入れ替わりを知らない耀庭がお使いに行ってくれて良かった。

でなければ、彼から素肌を隠すために、余計な時間がかかった筈《はず》だ。

でも良かったと思うと同時に、僕は彼にならら、入れ替わりのことを知られても良いんじゃないかと思い始めていた。

機転の利く彼が協力してくれるなら、こんなにも頼もしいことはないだろう。

今度高力士様がお戻りになったら聞いてみよう……そう思いながら僕は身支度を済ませた。

鏡の前には、なんだか妙に見慣れない『玉蘭《ぎょくらん》』が、きょとんとした顔で立っていた。

不思議だ。あんなに毎日、一日も早くこの姿に戻りたいと思っていたはずなのに、今はとても不安な気持ちになる。

「参りましょうか」

そんな僕の背に、桜雪が心配そうに声を掛けてきた。

そうだ――これは僕が決めたことなんだ。その僕まで不安な顔をする訳にはいかない。だから努めて、僕は三人に微笑んだ。

「行きましょう――兄さんの、いいえ、『翠麗』のために」

二

事前に待ち合わせの場所は決めてあった。

後宮の庭のちょうど人気のない——そう、夏にドゥドゥさんと星を見た、焼け落ちた東屋《あずまや》の所だ。

闇に隠れるように向かった。

月の高い時間なので心配したけれど、幸い今日は月も星も見えない、ただ静かで暗い夜だった。

「本当は私もお供したいのですが、私と茴香《ういか》はこちらを守らなくては」

相変わらず桜雪《おうせつ》が不安げに言った。

「逆に、お二人に苦労をおかけしてしまってすみません」

「その代わりではありませんが、絶牙《ぜつが》がお供をしたいと申し出ております」

桜雪の横で、絶牙が僕に拝した。

「……本当ですか？」

これは……本当に嬉《うれ》しい。でも良いのだろうか？　彼まで危険に晒《さら》すかもしれないのに。

「では私も手を上げさせていただきましょう」

その時、暗闇の中から声がした。

「え？」

仄《ほの》かに揺れる灯《あか》りが、一人の男性を浮かび上がらせ、僕は驚いた。

「り、李林甫《りりんぽ》様!?　一体どうして――」

そこには李林甫様本人が立っていた。でもここは後宮だ。宰相の方とは言え、そう簡単に中には入れないはずなのに!?

「し！　李林甫様は、僕たち宦官《かんがん》のことがお好きなので、特別なんですよ」

思わず声が大きくなってしまった僕に、耀庭《ようてい》が慌てた。

「え……ですがこんな所に来て、貴方《あなた》が咎《とが》められないのですか？」

「まあごく僅《わず》かな時間でしたら。宦官達を誘いに、時々ならば」

「どうして？」

「どうって……夜、一人で酒を飲むのは寂しいでしょう？」

「それで宦官を？」

「いけませんか？」

李林甫様がにこりと微笑んだ。

「あの……李林甫様であられましたら、喜んで酌をする女性は――」

「翠麗《すいれい》様が酌をしてくれるのでしたら美酒でありましょうが、この李林甫はひねくれ者でして。喜んで酌をしてくれる女性に酌をさせるのは、楽しくないのですよ」

「そ、そういうものでございますか……？」

だけど李林甫様は、その見目麗しさで多くの女性を虜《とりこ》にする貴族出身の宰相だ。お酌を頼まれて喜ばない女性の方が少ないだろう。

まぁ、だからこそ、という事なのかもしれないけれど……。

「それにしても見違えましたね。まるで若駒のように初々しい」

李林甫様が灯りで僕を照らしていった。

「弟にそっくりで驚きましたわ。みな、わたくしとわからなければ良いのですが……」

「問題ないでしょう」

「でも……本当にお力添えいただけるのですか？」

心配になって言った僕を見て、李林甫様はふっと笑った。

「でなければここまで来ませんよ——ですがお伺いしたい。確かに死の床にある兄上を見舞いたい気持ちはわかりますが、後宮を抜け出してまで、ご帰宅される必要が？」

「それは……兄、ですから」

どうやら耀庭は、毒のことは李林甫様に話していないらしい。改めて彼の機転に感謝しながら、僕は彼にどう説明すれば良いか思いあぐねた。

「貴方《あなた》は後宮の妃《きさき》です。それは貴方が一番よくおわかりの筈だ。その貴方がこんな危険を冒してまで、お兄様にお会いしたいと？」

「それは……後悔を……したくないから……」

言いかけた僕を見つめる耀庭が、ゆっくり目を細めて見せた——ああ、そうだ。

「出かけて更に後悔する事になるかも知れませんよ？」

「何もしない後悔よりは良いでしょう……それに貴方も『余計な事』は、知らない方が宜《よろ》しいのでは？　知れば巻き込んでしまいますわ」

「……仰《おっしゃ》るとおりです。確かに……私も知らない方が良いかもしれませんが」

でも李林甫様け、まるで突っぱねられてしまったというように、少し不満そうな顔をした。この方は、巻き込まれても良いと、そう思ってくれているのだろうか？

「でもご心配なく。愚かなことはいたしませんわ。ただ……行かなかったら、わたくしはわたくしを許せないと思うだけなのです」

「……左様にございますか」

「必要な答えになりましたか？」

「『なった』ということにしておきます」

苦笑いを浮かべつつも、彼は頷《うなず》いて——そして「時間がありませんね、参りましょう」と僕を急《せ》かした。

「出入りは夜しか出来ないでしょう。戻るのは明日《あした》の夜になります」

それは勿論《もちろん》わかっている。昼間はいくらなんでも人目に付きすぎるから。

「陛下もいらっしゃいませんし、一日ならば近侍がなんとかしてくれます」

「門の外に馬車を用意してあります。門番を買収してはおりますが、とはいえそのままお連れするのも不安です。貴方には長持の中にでも隠れていただいた方が良いですね」

宦官の恰好《かっこう》をしているとはいえ、きっと見慣れない顔だ。万が一止められてしまうかもしれない。

「用意してあります」

けれど気の利く耀庭は、手押し車と共に、既にその準備をしてくれてあった。

小さめな長持だったので、膝《ひざ》を抱えるようにして入らなければいけないけれど、それは門を越えるまでのこと。馬車に乗ってしまえば自由なので、そう辛《つら》いことはないだろう。

「ここからこっそり、外を覗《のぞ》けるようになっている、特注品ですよ」

耀庭が長持の取っ手を指さした。見ると隠し窓のようになっていて、内側から金具を横にずらすと、少しだけ外を覗くことが出来る――どうしてそんな『特注品』が作られているのかは、聞かないことにした。

苦しくならないように、蓋《ふた》のあちこちに隙間が作られていたが、それを隠すために僕の上には高級な書が重ねられるらしい。

どうやら快適な移動にはならなそうだと、僕は覚悟した。

「僕もこっちに残りますから、後宮の方はご心配なく」

「よしなに願います」

いつもは問題児の耀庭が、今日はこんなにも頼もしく見えるから驚きだ。

「ありがとう耀庭。貴方のお陰だわ」

思わずぎゅっと彼の両手を握ると、耀庭は少し驚いたように――そして嬉しそうに破顔した。

「だって、華妃様はご自身の正しいと思ったことをされるんでしょう？」

「ええ……それがわたくしに出来ること、必要なことなら」

「僕もそう思うので、翠麗様をお助けします。兄妹で殺し合うのはいいことじゃないし、後悔しないために行くという翠麗様のお志に、この耀庭はとても感銘を受けました」

はじめはなんて物騒な事を言うのだろうと思ったけれど、珍しく耀庭は、自分から僕に深く拝をして、恭順を顕《あらわ》した。

本当はそんなお辞儀なんて、僕には必要ない。なんだか急に罪悪感を覚えた僕は、彼に顔を上げさせ、「どうか二人の力になって頂戴《ちょうだい》」と、今度は二人の女官を見る。

「桜雪、茴香、留守を頼みます」

「この命に替えましても」

二人の女官も頭を下げ——けれど桜雪はすぐに頭を上げて、そしてまるで姐《ねえ》さんがしてくれたように、ぎゅっと僕を抱きしめた。

「どうかくれぐれも、無理はなさりませんように」

その声は涙で震えているようだ。

「……行ってくるわ、桜雪。大げさね？　心配しないで、たった一日の事よ。わたくしは——高《こう》翠麗は、必ず後宮に戻りますから」

そうだ。僕は必ず帰る。姐さんの代わりに。

でも……もし可能だとしたら、姐さん本人に戻って貰《もら》えるように説得したい。本当に兄さんに毒を盛ったのが姐さんだったとしたら、だけれど。

だけどその為にも僕は行くのだ。偽物の僕が。


「絶牙」

絶牙の手を借り、長持の中に入る。何も言わずに従ってくれる絶牙と目が合った。

「一緒に来てくれてありがとう……一人では、本当は不安でした」

小さな声で告げると、彼は優しく微笑んで、そしてこっそり僕の頭を撫《な》でた。心配しなくて良いというように。

「さあて、参りましょうか」

李林甫様が言った。

少しでも苦しくないように、けれど僕の姿が見つからないように、絹地と大切な書を重ね、蓋が閉められる。

いよいよ僕は出るのだ。この、後宮から。

三

短時間なら平気だと思っていたけれど、長持の中は想像以上に辛かった。

なんだか急に息が苦しくなった気がするし、やはり身動きは思うようには取れない。

手押し車もごとごとと揺れ、正直、少し怖い。いや、とても怖い。

仕方ないとわかっていた筈《はず》なのに、だんだんと気分が悪くなってきた。

暗い、息がうまく出来ない、怖い――唐突に不安と恐怖が僕に襲いかかってきたので、僕は慌てて用意されたのぞき窓を開けた。

微《かす》かな隙間から、外気を吸い込む。

口の中に、濡《ぬ》れた土のにおい、後宮の庭の空気の味がする。必死にそのにおいを嗅《か》ぎながら、僕は自分の心が鎮まるように、ゆっくりとゆっくりと息をした。

けれどやがて暗い庭から、いくつもの灯りが目に入るようになった。きっと外へと続く通明門《つうめい》はもうすぐだ。

もし見つかったらどうしよう……僕は実際は男だから、体を検《あらた》められても姐さんだとはばれないだろうけれど……その代わり、李林甫《りりんぽ》様に姐さんと僕の入れ替わりが知られることになる。

なんとかつつがなく門を越えたい——と思っていたが、やはりそう上手《うま》くは行かなかった。

「おい！　なんだ!?」

ひっそり門から出ようとする僕たちを、門番が呼び止めた。

「り、李林甫様でしたか、失礼を……」

けれど李林甫様と、手押し車を押す絶牙《ぜつが》を止めて——確認した門番の一人が、驚いたように声を上げる。

「声が大きい」

李林甫様がさも不愉快そうに言った。

「どうぞお通りく——」

「どうして宰相様が後宮に？」

けれど李林甫様を通そうとした門番を咎《とが》めるように、別の門番が僕らの前に立ちはだかった。

「何故通さぬ」

　李林甫様が本当にむっとしたように言ったけれど、門番は動く気配がない。

「申し訳ありません、新入りなもので――」

　慌ててもうひとりの門番が、彼をどかせようとしたけれど、「そんなことは駄目だ」と彼は動かなかった。

「いいんだ、いいんだよ！　このままお通ししろ」

「いいえ駄目です。せめてその長持の中だけは、検めさせていただかなくては」

　おそらく買収されている門番が、僕たちを通そうとしてくれたけれど、融通のきかないらしい門番は、選《よ》りにも選って、とん、と僕の隠れている長持を叩《たた》いた。

　僕は上げそうになる悲鳴を必死に堪《こら》え、見つからないようにのぞき窓をそっと薄布で覆った。

「気をつけよ。陛下から預かった大切な書だ……まさかそなた、この李林甫を疑うのか？」

「規則です。時々そうやって女官を外に連れ出す者がいるのです」

「女官を？」

　吐き捨てるように、李林甫様が門番に言った。

「私が何故、宦官《かんがん》を侍らせるのが好きなのかわからないか？」

「宦官を、ですか？」

「そうだ。私は宦官が好きだ。己の命を差し出して、痛みを抱え、それでも野心と共に生きるひたむきな彼らが大好きなのだ」

「は、はあ……」

「だが女達はどうだ？　どうせすぐ枯れる花だというのに、すこしばかり美しいだけの顔と贅肉《ぜいにく》を揺らし、不遜《ふそん》に国に吸い付く蛭《ひる》ではないか。怖気《おぞけ》が走るわ」

「そ、そうでありますか……」

「それに女共は狗《いぬ》のようにすぐに孕《はら》む。私は面倒な事は嫌いだ」

美しい李林甫様が、ひどく不快そうに言ったせいか、さすがに彼も怯《ひる》んだようで、門番は一瞬長持から手を離した。僕は心底ほっとした。

「だから、もう良いであろう？　そなたの熱心な仕事ぶりは認めよう——だから早くして貰えぬか？　これはやっと華妃から預かった獅子《しし》だ。明日《あした》の夜には返さなければならないこの猛獣を、私は一夜で飼い慣らさねばならないのだ」

うすぎぬ越しでよくはわからなかったが、李林甫様が絶牙の頰を撫でながら言ったのだろう。手押し車を摑《つか》んでいる絶牙が、少しだけ身じろいだ。

「わかりました」

門番もそう答えたので、僕はかみ殺すように安堵《あんど》の息を細く吐いた。

「ですが……お許しください。やはり規則あっての後宮なのです」

……え？

「すぐ終わらせます」と、そういうや否や、彼は長持の蓋《ふた》を開けた。急に呼吸が楽になり――そして僕は震えた。突然の外気の冷たさに、恐怖に、焦りに。

「…………」

無情にも書がかき分けられ、絹が剝《は》ぎ取られてしまう。

「むっ」

門番が呻《うめ》いた。

ああ、駄目だ――目の前が真っ暗になる。

「李林甫様。これはどういう事にございますか？」

門番が低い声で唸《うな》るように言った。

「あ、いや、これは……」

慌てる李林甫様のその横、絶牙が、かちり、と、刀を鞘《さや》から抜く音が聞こえて、僕は咄嗟《とっさ》に我に返った。

「絶牙殿、良い。収めよ」

長持から身を起こし、僕は絶牙に言った。彼はそう……きっと僕のため、姐《ねえ》さんのためなら、罪を犯すことを覚悟してくれているのだ。

こんなにも僕を大切にしてくれる人を、守れる時に守らないで、何が地位だ。

「お騒がせして申し訳ありません。我は高玉蘭《こうぎょくらん》。第十二皇子儀王《ぎおう》様にお仕えする儀王《ぎおう》友《ゆう》にして、華妃高翠麗《すいれい》の実弟でございます」

僕は必死に緊張する声を震わせないように、そう名乗った。

「そ……その方がどうしてここに？」

門番が困惑するように問うた。当然だ。華妃の弟だとしても、後宮から出てくるのが許される理由はない。

「それは……それは、姉《あね》の野心の為にございます——ねえ？　李林甫様」

だから僕は、わざと科《しな》を作るようにして言った。耀庭のその軽妙な口調を真似るようにして。

李林甫様が僕に応《こた》えるよう、努めて僕に笑みを向けてから、そして門番に向けてふん、と鼻を鳴らした。

「……自分の可愛い弟を貢ぎ物にしてでも、今よりもっといい椅子に座りたい女性からの贈り物だ……まったく。あれほど『見るな』と言ったのに、面倒な事を」

「お、おい、おい……」

李林甫様が忌々しげに舌打ちをすると、焦ったもう買収済みの門番が、頑《かたく》なな門番に強引に頭を下げさせた。

「失礼をいたしました！　どうぞ！　どうぞお通りを！」

さすがに二人とも、もう僕らを止めるつもりはないようだ。

僕は長持から出て、李林甫様の隣に立ち、彼らに笑って見せた。翠麗のようににっこりと。

「き、きっと、風が通ったのです！　私達は何も見ておりませぬ！」

門番が言った。

「そうだな。そうであろう」

李林甫様は頷《うなず》いて微笑むと、悠然と僕らを連れて、後宮を後にした。

四

李《り》林甫《りんぽ》様の馬車は、そこからそう遠くない所に用意されていたので、僕らはすぐさまそれに乗り込んだ。

「ははは、間一髪でしたね」

扉を閉めるなり、李林甫様が笑った。

「本当に……」

よく笑えるものだ。僕は本当に心臓が止まりそうだったのに。

実際今もなんだか全身が冷え切っていて、気を抜くと失神してしまいそうだと思った。

「……お顔色が優れません。もっと安全にお通しするつもりだったのに、面目ありません」

そんな僕を見てさすがに罪悪感がわいたのか、李林甫様は僕が少しでも楽な体勢になれるように、綿入りの座布団を差し出してくれた。

だけどそもそも、彼の協力がなければ、今ここには居ないのだ。

「いいえ、李林甫様には感謝しかありませんわ……ただ、弟に確認がいかなければ良いのですが……」

だから僕は努めて明るい声で言った。それに本当に僕の確認に行かれたら困る。僕はここ数ヶ月、別の任で儀王《ぎおう》様のところから離れていると言うことになっているし。

「それはおそらく大丈夫でしょう。私も手を回しておきます——とはいえ、彼には少々不名誉な話をでっち上げてしまったかもしれませんね」

「噂にならなければよいですが」と、李林甫様が笑いながら肩をすくめた。

むむむ……それは……いくら李林甫様が地位ある方とはいえ……。

「ですが、良い門番が守ってくれていると、やはり安心もしますね」

門の方を振り返りながら、ぽつりと李林甫様が呟《つぶや》く。

「それは……本当にそうですね」

僕たちはヒヤヒヤさせられたけれど、たとえ宰相相手でも、怯まない門番が後宮を守っているというのは頼もしいことだ。

「こう言っては何ですが……私は買収に応じない者が好きなのです」

「そうなのですか？」

確かに門番を買収していた本人が言うことではないだろう。

「ええ。野心を抱えていたとしても、富や名誉には靡《なび》かず、我が道を貫く方が大好きなのです。損得ではなくてね」

そしてそれは彼が『好き』だというのと同時に、彼自身がそうなのだと言っているような気がした。

少なくとも、今日のことが彼にあまり得があるとは思えないから。

なぜなら彼は話をしながら、てっきり彼の懐に入るのだと思っていた耀庭《ようてい》に託した簪《かんざし》を、さりげなく僕の髪に挿したからだった。

「口に蜜《みつ》あり腹に剣あり――わたくし、李林甫という方は、もっとずるくて悪い方だと思っていました」

「ははは、その通りではありませんか？」

「そうでしょうか。ですが今仰《おっしゃ》ったことは、偽りには聞こえませんでした」

「まぁ、そういう獅子《しし》を、あの手この手で飼い慣らすことが好き、とも言えるのですが」

「猛獣がお好きなのですね」

「強いものは美しいですから」

それは、姐さんのことを言っているのだろうか？

そして彼の笑顔の中に、対する己は猛獣より強く美しいと、そう知っている人の尊大さを感じる。

「……このお礼は、どうお返ししたら良いのでしょう。困るようなことでなければ良いのですが」

なんだか急に不安になって、僕は先手を打つように言った。

彼をどこまで信用していいのかわからなくなったのだ。

勿論絶牙《もちろんぜつが》は馬車の外とはいえ、御者の横に控えている。悲鳴を上げればすぐに助けてくれるとは思うけれど、彼が罰せられてしまうかもしれない。

「まさか。貴方《あなた》に礼などと、望むべくもありませんよ」

けれど彼は、警戒する僕にあっさりと言った。

「ですが……」

「未来の皇后様の命とあらば、この李林甫、この世の果てへでも貴方の為に馬を走らせましょう」

「…………」

冗談を、と思ったけれど、彼の表情に先ほどまでの笑いはなかった。

「……本当に貴方は、わたくしが皇后になると、そうお思いなのですか？」

「他に誰がおりましょう？」

「そうでしょうか」

「少なくとも貴方は聡《さと》い。そして同時にこうやって思い切ったことをなさる勇気をお持ちだ。ただ言われたことに頷くだけの妃嬪《ひひん》達とは違います」

確かに姐《ねえ》さんは――翠麗《すいれい》は賢く、強い。

そしてもう何ヶ月も前から後宮を抜け出して、その行方をくらましている。

挙げ句、兄に毒を盛ったかもしれないのだ。

「皇后は国の母、龍の伴侶《はんりょ》です。弱く、愚かでは務まらない。そしてなによりも潮目を読む力が必要でしょう」

「わたくしがそうだと？」

「少なくとも、貴方は今宵《こよい》他の誰でもなく、この『李林甫』を選んでくださった」

だとしたら、姐さんが選んだ『安禄山《あんろくざん》』という人は、時代の潮目だとでも言うのだ

人。

僕の知る姐さんは、明るくて優しくて賢くて、誰もが好きにならずには居られない

「鏡に心まで映るなら」

「鏡が必要ですか？」

「……『高翠麗《こう》』は、本当にそのような女でしょうか」

ろうか。

確かに姐さんには姐さんだけの考えがあったけれど、でもそんな特別な人じゃなかった筈《はず》だ。

そんな姐さんが、本当に皇后様に向いてるって言うのか？

そもそも、本当に姐さんが、兄さんに毒を盛ったりするか？

僕の知っている翠麗、大好きだった姐さん。

後宮に来て、僕が姐さんになればなるほど、姐さんが遠くなっていく――。

「最近、時々『わたくし』がわからなくなります」

「そういう時こそ、ご自身を信じなければ」

思わず弱気が口を突いてしまった僕に、李林甫様は微笑んだ。

「信じる……ですか？」

「はい。己の影以上に、最期まで寄り沿ってくれる者はなかなか居ませんからね」

「……それもそうですね」

影、か。

そうだ。今は僕は姐さんの影だ。

突然消えた姐さん——事前に教えてくれたら、僕はどんな協力だってした筈なのに、何も教えてくれなかった事には傷ついたし、悔しかったし、寂しかった。

ずっと心のどこかで、姐さんに信用されてないんじゃないかって不安だった——けれど、それは姐さんだって同じかもしれない。

迷ったり、疑ったりしてる場合じゃない。僕がまず、姐さんを信じなくてどうするんだ？

姐さんが毒なんて使うはずがないじゃないか。姐さんは無関係かもしれないし、関係があるとしたら、きっと誰かの陰謀に巻き込まれている筈だ。

「李林甫様の言うとおりでしたわ……わたくしが信じないでどうするのでしょう」

そう心に誓い直した時、がくんと馬の歩みが遅くなり、程なく止まった。

気が付けば馬車はもう朱雀《すざく》門街へとさしかかっていた。そんな僕らを馬車がもう一つ待っていた。

「こんな時間ですが、我が家の馬車を止めるものはいないでしょう」

長安の街は東西十街、南北十三街の碁盤状に広がっている。その一つ一つは坊と呼ばれて門で区切られており、夜間は坊門の出入りを禁止されている。破れば鞭《むち》で打たれるが、とはいえ……後宮ほどには厳重ではないようだ。

既に買収してあるので、今度こそは大丈夫と言ってから、李林甫氏はもう一つの馬車に移った。彼はそちらの馬車で自身の屋敷に帰られるということだった。

「そちらの馬車でご生家までお連れいたします……迎えは明日《あした》夜に」

「本当にありがとうございます」

何から何までお世話になってしまった。

しかも揺らぐ僕の心まで固めてくださった。感謝してもしきれない程だ。

「早く、お兄様の下へ」

馬車から降りた李林甫様にお辞儀をし、彼に見送られながら実家へと向かった。

ここから先は、僕の戦いだ。

僕が兄さんを救い、姐さんを守る。

五

僕の生家は、大唐を東西に分断する・朱雀大路から近い開化《かいか》坊の外れにある。

大路に面した坊ではあるけれど、さりとて雑多な雰囲気はない。

朱雀大路は人や馬車の往来も多いが、とにかく広い路《みち》だ。

これは陛下がその路の中央を進まれる時、路の左右から矢を放っても届かないだけの距離にしているそうで、ここが人に溢《あふ》れるのは何か祭りの時ぐらい。

開化坊はまさに長安のちょうど真ん中あたりに位置していて、東市、西市と二つの市に挟まれる利便の良い場所だけれど、高官達の住む地域で、陛下の皇城からも近いので治安が良いのだ。

「玉蘭《ぎょくらん》様!?」

夜明け前に突然帰宅した僕を迎え、使用人達は驚いていた。

「来てはいけません。流行《はやり》病かもしれないのです」

中に入ろうとすると家の門の所で遮られた。どうやら青藍《せいらん》兄さんと父さんは、病気がうつることを恐れて別宅の方にいるらしい。

「姐上《あねうえ》は？」

「翠麗《すいれい》様ですか？　それは……残念ながらお嬢様は後宮からはお戻りになっておりません」

「そうか……そうだよね」

ここに姐さんの姿が無いことにまずほっとしたけれど、同時に不安にもなった。

でもまずは黄滉《おうこう》兄さんのことだ。

「さ、玉蘭様も、儀王《ぎおう》様のところにお戻りください」

「そういう訳にはいかないんだ――」

制止の手をかき分けるようにして、屋敷の中に向かう。

「駄目です。お帰りください」

と、聞き慣れた声が再び僕を引き留めた。

「寧々《ねね》……」

それは僕の乳母で、今でも仕女として屋敷で働く寧々だ。

姐さんより少し歳が上だけれど、大きな瞳《ひとみ》とそばかすのせいで、もう少し若く見える。

いつも優しくて穏やかな寧々が、はっきり『駄目です』と言うのは、本当に駄目な時だ。

だけど従うわけには行かない。

「いいえ、僕は平気です。それよりお医者様に会わないと。治療方法を見つけてきたんです」

「治療法？」

「はい。今のままではおそらく、兄さんは死んでしまうから。それに……うつる病だというなら、今屋敷に残っている人達はどうです？　誰か同じ症状が？」

集まってきた使用人数人と寧々が顔を見合わせた。

「いえ……」

「でしょう？　うつっているなら、皆に既にうつっているはずですよ。だから大丈夫」

「でも……」

立ちはだかる寧々を押しのけ、困ったように僕を見る使用人達を尻目《しりめ》に兄さんの部屋に向かった。

使用人としても、一応家人である僕におおっぴらに逆らえはしないし、同時に僕は家人と言えども正妻の子ではない。翠麗のお気に入りとはいえ、万が一僕に何かあったとしても、お父上や兄上に怒られることはないと考えているのかもしれない。

……いいんだ。それは僕にとって、身軽でいい事なんだって、昔姐さんが言っていたから。

そんな何年も離れていたわけではないのに、生家をとても懐かしく感じた。

つい廊下を後宮の妃嬪《ひひん》のように歩きそうになってしまう……というか、普段どんな風に歩いていたのかが思い出せなくなって、僕はわざととすとすと足音を立てて歩いた。

そうして兄さんの部屋に着くと、黄滉兄さんは赤い寝台で一人横になっていた。

心配そうに兄さんの犬が寝台の下で丸くなっている。

犬が僕を見て、ぴい、と心配そうに鼻を鳴らした後、部屋を出て行った。犬もやはり主人の具合を心配するものなんだと、僕は後宮に残してきた白娘子《はくじようし》が、今どうしているのかぼんやりと思った。

兄さんは土気色の顔をしていた。皮膚がかさついているように感じる。

その呼吸は弱々しく、苦しげで、今にも止まってしまうのではないかと不安になった。

だから見よう見まねでその手を取った。気脈の流れなんてわからない癖に。

「お、重い……」

でも気脈云々《うんぬん》より、何より兄さんの腕の重さに驚いた。

同時に何故か僕は、急に兄さんが『生きている』のだと感じた。

駄目だ。

誰の仕業で、どんな思惑があろうと、兄さんは死なせない。

僕が。毒妃の代理で、姐《ねえ》さんの弟で、兄さんの弟でもある僕が。

絶対に、絶対にだ。

兄さんの部屋の隣、亡き母達の部屋。そこを今は治療に訪れている主治医が、一時的に使っているという。

灯《あか》りが漏れているので中を覗《のぞ》くと、お医者様が薬を煎《せん》じていた。

「試してほしい治療法があるのです」

そう言って部屋を訪れた僕に主治医は一瞬驚いたが、「病人の方に滅多なことは出来ませんよ」と第一声で断られてしまった。

でもここで引き下がるわけにはいかない。

「わ……倭国《わこく》から来た同僚の仲満《ちゅうまん》が、倭国でよく行われているという治療法を教えてくれたんです。変な方法じゃありません。炭を溶いた水を使うんです──」


『炭は水を清らにするのじゃ』


後宮を抜け出すことを決めた僕に、ドゥドゥさんは、彼女の一族に伝わるという、特別な炭を使った治療法を教えてくれた。

毒というものは、種類によってはよく効く薬や、別の毒を使うことで効果を相殺する方法もあるが、その多くはなすすべが無いという。

『結局の所、そのものの体が癒《い》えようとする力に託すより他ないのだが、それを少しでも早める手助けをすることは出来る。体の中の毒を、少しでも薄めて外に出す方法じゃ』

そう言って彼女は、急須《きゅうす》に綿と砕いた炭を入れ、それを水で少し洗ってから、今度はその中に少しだけ泥を含んだ水を入れた。

『これを傾けた時、出てくる水は何色じゃと思う？』

『何色って……泥の色なのでは？』

『さて？』

彼女は悪戯《いたずら》っぽく微笑して、急須を傾けて見せた。

『あ……綺麗《きれい》に……』

それはまったく透明な水と言えるほどではないにせよ、濁った茶色から、黄茶ぐらいの色水に変わっていたのだ。

『そうじゃ。炭というものは、汚れを吸って水を清らにする。それは人間の体の中でも同じじゃ。中でもこの姥目樫《うばめがし》を焼いた炭を砕き、水に溶いてたくさん飲ませることで毒を炭に吸わせ、それを体の外に出してやれば、少しずつ体の中の毒が薄まっていく』

勿論《もちろん》、倒れた者に飲ませるのは簡単なことではないし、使ったところで毒を完全に消すほどの効果はない。

これはあくまで手助けだ。だけどやらないよりはずっといい。実際に温泉宮で毒に倒れた茴香も、その方法で救われたというのだから。

その方法を『後宮の毒妃』から聞いたとは言えなかったが、その代わり倭国の医術ということで主治医を説得した。

彼は半信半疑というよりも、もう捨鉢という調子で渋々僕に従ってくれた。

何があっても知らないぞという感じだったけれど、それでも従ってくれたのは、結局他に出来ることがなかったからなのだと思う。

兄さんの意識はほとんど無かったので、主治医と僕と絶牙《ぜつが》、三人で協力して少しずつ、一口ずつ根気よく兄さんの口に炭の水を含ませていった。

無理やりたくさん飲ませて息ができなくなると大変だ。だから夜が明けるまでひとさじ、ひとさじずつ。

「私が代わります」

朝方、そう言って乳母が代わってくれた。

夜通しの作業にすっかり疲れてしまったのか、僕は青い顔をしていたらしい。

絶牙も頷《うなず》いて、僕の手から匙《さじ》を取り上げた。

「玉蘭様は少しお休みください」

主治医も言ってくれた。でも兄さんが心配だった。

けれど最初は嫌々という感じだった主治医の話では朝が来て、兄さんは劇的な変化とは言わないまでも、脈が少し落ち着いてきたと言う。

「確かに効果があるのかもしれません。このまましばらく続けますから、玉蘭様は安心してお休みください。でなければ貴方《あなた》まで倒れてしまいます」

確かに僕は疲れ果てていたし、このままだと本当に倒れてしまいそうなので、少しだけ休息の時間を貰《もら》うことにした。

久しぶりの我が家。

久しぶりの自分の部屋。

久しぶりの寝台は後宮のものよりはずっと固く、寝心地は悪かったけれど、どこで眠るよりも安らいだ。

懐かしい香りの中で、子供の頃の夢を見ていたような気がする。

それがどんな夢だったのかは、目が覚めた時には思い出せなかった。

でもいい夢だった気がする。

楽しい気持ちだったのに、僕の眠りはドンドンと扉を叩《たた》く音と、そして体を揺する手に遮られた。

なんだよ、邪魔しないでよ——そう言いかけて、我に返った。そうだ、兄さんだ。

「兄さんに何かあったんですか⁉」

慌てて飛び起きると、僕を緊張した面持ちで見つめる絶牙の姿があった。

そして激しく扉を叩く音。

部屋には内側から鍵《かぎ》がかけられている。

「……絶牙？」

何が何だかわからない僕に、絶牙がさっと走り書きを見せてきた。

『目覚められたお兄様が、あなたに毒を盛られた、と』

「……え？」

「ち、違いますよ！　そんなことしてません！」

絶牙がこわばった表情で頷いた。

そうだよ……そんな訳ない。僕じゃない。僕の筈《はず》がない。

だって僕はずっと後宮に――。

「……姐《ねえ》さん？」

呟《つぶや》いて、背筋が凍り付いた。

絶牙が俯《うつむ》いた。

「あ……」

僕は姐さんに似ている。

そして姐さんは、僕に似ている。

僕が姐さんになれるように、もしかしたら、姐さんは――。

「そんな……嘘だ……」

信じるって決めたんだ、僕は、姐さんを。

なのに……。


部屋の窓から、揺れる黄色い槐《えんじゅ》の花が目に入った。

科挙の時期に咲くこの花は、『幸運』を呼ぶと言われている。

なのに姐さんは何故、黄色い花に『危険』という意味を授けたのだろう？

ああやっぱり、僕にはわからないんだ。姐さん……貴女の考えていることが。

六

たかだか一晩病床の兄の世話をしただけで疲れてしまった僕は、また少し眠っていたらしい。

我ながら脆弱《ぜいじゃく》な体が恨めしいが、けれど起きていたところで、何か出来る訳でもなかった。

何故なら僕と絶牙は、生家の倉に閉じ込められているからだ。

屋敷の中で一番堅牢《けんろう》で、窓も小さく高いところにあるものが一つだけ、扉も外から閂《かんぬき》が下ろされている。

使われなくなったり、壊れたりしている家具や農具、武具、馬着などが埃《ほこり》を被《かぶ》った倉に灯《あか》りはないが、窓から差し込む日差しは明るい。

幸い今日は気温が高くなりそうで、倉の中はひんやりとしていたものの、凍えるまではいかないで済みそうだ。

使用人達もいくらなんでも僕が死んでしまったりしないように、お茶とお菓子を用意してくれている。

一度目を覚ました兄の話では、『僕』が届けたという毒を飲んだらしい。

薬と聞かされて飲んだそれ以外に、怪しい食べ物も飲み物もなかったと兄さんは言っていたそうだ。

とはいえ、彼はそれだけ言ってまた倒れてしまった。

再び彼が目を覚ますまで、僕はここにいるしかないと、そういう事だ。

でも僕は今夜にはもう後宮に戻らなければならない。

兄さんがどれだけ回復するかもわからない。

やはりこのまま、ここでこうして座り込んでいる訳にはいかない。

「…………」

急に立ち上がって、古ぼけた椅子と、壊れた箪笥《たんす》の影の中に身を滑り込ませたので、絶牙《ぜつが》が困惑したように僕の服の裾《すそ》を摑《つか》んだ。

「姐さんが幼い頃――よくお仕置きで倉に閉じ込められたって聞いたんです」

利発でお転婆だった姐さんに、乳母は本当に手を焼いたらしい。

言うことを聞かない彼女を、お仕置きだと言って乳母は倉に何度も閉じ込めた。

姐さんは頑固で、いつだって姐さんから謝ったり、反省は口にしなかったので、周囲が根負けするばかり。

こんな暗い場所に幼子を閉じ込めるなんて酷《ひど》いことだけれど、肝心の姐さんは、まったく堪《こた》えていなかった。

『だって、抜け穴があったのよ』

ある時、当時を振り返った姐さんが、悪戯《いたずら》っぽく笑って言った。倉には一ヶ所だけ木の板が外せる所があって、姐さんはいつもそこから脱走していたのだ。

それに当時、姐さんは庭師の養子である靖々《せいせい》と仲が良かったという。靖々の手助けもあって、閉じ込められたところで姐さんは、逆に自由に家を抜け出して遊びに行っていたのだと言うから、堪える訳がなかったのだ。

だけど冬に閉じ込められてしまった時は、固い雪のせいでどうしても抜け出せなくて、それでもやっぱり強情な姐さんは、凍えながらも乳母には屈しなかった。

夜になって、姐さんが閉じ込められていると知った父上が、慌てて倉に走った時には、姐さんはすっかり弱ってしまっていて、それから何日も寝込んだという。

乳母はそのまま追い出され、新しい優しい乳母は姐さんを倉に閉じ込めたりしなかった。

それからその抜け穴が見つかっていないのなら、今でもそこから逃げられるんじゃないだろうか。

「雪のせいで抜け出せなかったってことは、多分倉の南側に抜け穴があったと思うんです。こっちは屋根の雪も落ちるし、日当たりが良い分雪が固くなりますから」

倉の南側、古くてほこりっぽい荷物の隙間に潜り込み、僕は必死に姐さんの言っていた抜け穴を探した。

絶牙も荷物をずらしたり、手を貸してくれたりしたけれど、残念ながら姐さんの言っていた抜け穴は見つけられなかった。

考えてもみたら、それから随分時間が経っているのだ。傷んだ場所を修繕する時に、そこも直されてしまっていたとしてもおかしくはないか。

「困りましたね」

「………」

埃だらけの僕の顔を冷えたお茶で濡《ぬ》らした布で拭《ふ》きながら、絶牙が頷《うなず》いた。

これではただ、手と顔が真っ黒になってしまっただけだ。

「あとは……僕も病気になる、しかないですかね」

ぼそっと呟いた僕を見て、絶牙は顔を顰《しか》め、首を横に振った。

「ですよね……」

それには万が一の時用といって、桜雪《おうせつ》が持たせてくれた毒がある。昔から後宮でひっそりと使われているという毒で、飲むと死ぬ事はないけれど、一時的にとても気分が悪くなると言う。

桜雪は薬だと言っていたけれど、害があるのだからそれは多分毒だろう。

毒を使わせないためにここに来た僕が毒を使うのか……。

とはいえ、本当に方法がないのだとしたら、そうするしかないかもしれない。

薬を——毒を使い、『僕も兄さんと同じ病を発症したみたいだ』『これはやっぱり流行病《はやり》だったんだ』ってそう言えば、僕の疑いも晴れるかもしれないし、きっと慌てて僕を倉から出すだろう。

だけどそんなことはさせられないと言うように、絶牙が仕草で『自分が飲みます』と示してくれた。

「僕の問題ですよ。絶牙にそこまではさせられないし、それに僕が使う方がみんなが慌てるはずですから」

他人に使うわけじゃない。僕自身が僕のために使う毒なら、ドゥドゥさんは許してくれるだろう。

だけど覚悟を決めて毒を飲もうとした僕を、絶牙が制した。

彼の強い手にぎゅっと摑まれてしまったら、僕には抵抗が出来なかった。

「だけど、どうやってでも、後宮に戻らなきゃ」

「…………」

絶牙は首を横に振った。確かに一日二日くらいなら、桜雪達がなんとかしてくれるだろうけれど……。

「せめて叔父上《おじ》様と連絡が取れたら……」

勿論《もちろん》、叔父上は今長安の都にはいらっしゃらないし、だからこそ僕は後宮の外に出るだなんて、思い切ったことが出来ているのだけれど。

窓から差し込む光を見るに、正午は過ぎているだろう。

もう少し待って、状況が変わるのを見計らうべきだろうか？　そんな事を考えていると、倉に優しい乳母の寧々《ねね》が訪ねてきた。

「寒いのではないかと、心配になったのです」

そう言ってお茶を差し入れてくれた彼女は、乳母と言っても今は仕女として暮らしている。

十五歳で嫁ぎ、十七歳で夫と子供を流行病で亡くしたと聞いた。

だからだろうか。彼女は夕べ病を恐れずに兄さんの看病を手伝ってくれた。絶対に兄さんは死なせまいという強い意志を感じた。

同時に彼女は僕の乳母だ。幼い頃僕の世話をしてくれた人。

母の居ない僕にとって、姐《ねえ》さんともう一人、母のように慕わしい人だ。

今も閉じ込められている僕を、こんな風に案じてくれている。

「僕は兄さんに毒なんて盛っていない」

「…………」

湯飲みを僕と絶牙に差し出しながら、寧々は困ったように眉《まゆ》を寄せた。なんと答えて良いか、思いあぐねているように。

「夕べ一緒に看病してくれた寧々ならわかってくれるでしょう？　僕が犯人だったら、わざわざ助けたりなんてしない！」

「そう……かもしれませんが……」

ますます困ったように、寧々は俯《うつむ》いた。葛藤《かっとう》しているようにも見えた。

「兄さんのために仕事を抜け出してきているんです。本当はもう戻らなければいけないんだ。だからお願いだからここから出してください！　儀王《ぎおう》様のところに戻らなければ！」

「お気持ちはわかります。でも……どうかお許しください。そんなことをしたら、私が罰せられます」

だからもう一押しと必死に訴えると、彼女は酷く狼狽《うろた》えた表情を見せた。

「あ……それは……」

確かにそれはそうだ。彼女が責められることは僕だって本意じゃない。

今、彼女は倉の扉を完全に閉めていない状況だ。彼女を突き飛ばして、逃げることは可能かもしれないけれど、そうだとしても彼女が罰せられてしまうだろう。

「じゃあ……せめて叔父上に使いを出して欲しいんです。今は華清池《かせいち》の方にいる筈《はず》だから」

「高力士《こうりきし》様でしたら、使いはすぐに。本日長安にお戻りになられたと聞きました」

「え……？」

だから黄滉兄さんの容態次第では、明後日《あさって》見舞いに来る予定だと、寧々は言った。

「明後日？」

「はい。今夜と明日《あした》は陛下が宴《うたげ》を催されるということで、準備もあってどうしても宮内を離れられないと」

「う……宴？」

そ、それは……。

「た、た、た、大変だ……っ！」

僕と絶牙は思わず顔を見合わせた。大きな宴は間違いなく、翠麗《すいれい》も出席を求められるだろう。

やっぱり、ここは僕が毒を飲むしかないか？　僕も病気のふりをして、そして――。

「…………」

そんな僕の考えを読んだように、絶牙が険しい顔で首を横に振った。

だけど他に方法はないだろう……いや、本当にそうだろうか？

「……寧々」

「はい？」

「兄さんの具合は？」

「は、はい。お医者様も、『倭国の治療法』が驚くほどよく効いたと仰《おっしゃ》っています。おそらく危険な状況は脱したのではないかと」

「本当に!?　それは……良かった……」

ほっとして、一瞬ぎゅっと目頭が熱くなった。改めて僕はドゥドゥさんに心の底から感謝した。

だけどきっと、彼女は自分がやるべき事を、信念を貫いただけだって言うだろう。

じゃあ僕もやっぱりやるべき事を果たさなくちゃ。兄さんを救うだけじゃない。僕にしか出来ないことはまだある筈だから。

「……わかった。叔父上に使いはいい。でも、やっぱり寧々にお願いがあるんだ」

「なんでしょう」

真剣な表情で言う僕を見て、寧々も神妙な表情で頷いた。

「逃がしてほしいとは言わない。だけど僕を兄さんのところに連れて行って」

七

寧々《ねね》は僕にとって母のような人だった。

勿論彼女はあくまで『乳母』であって、僕には実母代わりの姐さんがいたので、彼女にべったり甘えてばかりだった訳じゃない。

特に姐さんは僕の世話を焼きたがったたし、寧々のことがあまり好きじゃなかったようにも思う。

僕を独占したがる姐さんと寧々の間で、幼い僕は、時々居心地の悪さを感じていた。寧々に甘えすぎると、姐さんが拗《す》ねる。今思えば寧々も姐さんには遠慮していたようだし、僕と寧々の間にも、薄い壁のようなものが存在していた。

とはいえそれでも、僕を赤ん坊の頃から育ててくれた人なのだ。

結局彼女は『黄浣《おうこう》兄さんと話をさせてほしい』という、僕の強い希望を突っぱねることが出来なかった。

兄さんに確認を取ったところで、多分聞いては貰《もら》えない。寧々も同じ考えのようで、彼女は少し悩んだ後、「少しだけですよ」と言って僕らを倉から出した。

何かあれば、叱られてしまうのは寧々だろう。

もっと酷《ひど》い罰を受けるかもしれないのに、それでも彼女はそれを受ける覚悟で僕を出してくれたのだ。

彼女が罰されたりしない為にも、僕は兄さんとしっかり話をしなきゃならない。

兄さんはまだ横になっていた。

毒で倒れていたのだから当然だ。むしろこんな短時間で話が出来るほど回復しているのは、さすがは体力自慢の兄さんだと思う。

とはいえ、それでも起き上がって自由に話せるほどではなくて、彼は部屋に入ってきた僕を睨《にら》みはすれど、力尽《ちからず》くで追い出すことは出来なかった。

「……何しに来た、弱鶏《びびり》」

ちょうど医者に腕を取られ、気脈を確認されていた兄さんが、僕を見て忌々しげに呟《つぶや》いた。

「俺を殺しに来たのか？」

「せっかく助けたのに？　新しい治療法を教えたのも、夕べ一晩中兄さんの看病をしたのも僕なんですよ？　殺すつもりなら、わざわざここまで来ませんよ」

思わずむっとして答えると、兄も少し怒ったように唸《うな》った。

「……お前が届けたっていう薬を飲んだせいだ」

「僕じゃない」

きっぱり否定しながら、医者と寧々に部屋から下がるように目で合図する。

「そもそも、どうして僕が兄さんを？」

二人は困ったように僕と兄さんを交互に見ていたが、僕の後ろに控えていた絶牙《ぜつが》が先に部屋を出て扉の所に控えたので、結局二人も不安げながらもそれに倣った。

二人とも本当に僕が毒を盛ったって思っているんだ？　と思うと、僕は少なからず傷ついた。

「仕女がお前から受け取ったと言っているんだ。庭師も確かにお前を見たと。お前でなかったら、誰だって言うんだよ」

二人が部屋を出るのを不安げに見ながらも、兄さんは腹をくったように息を吐き、目を伏せた。単純に具合が悪いせいかもしれないが。

「…………」

仕女はともかく、庭師は真面目で信用のできる人だ。僕の口から、思わず溜息《ためいき》がこぼれた。

「でも……本当に僕じゃないんです。似ている、別の人です」

「そんな訳な……」

言いかけた兄さんが、はっとしたように言葉を途切れさせた。かと思うと、僕の二の腕を痛いくらいに摑《つか》んで、強引に僕を引き寄せた。

「兄さ……!?」

「月下美人」

僕の首筋に鼻を寄せた兄さんが、低い声で呟いた。

「じゃあ……お前は『誰』だ？」

「僕は……僕は玉蘭《ぎょくらん》です」

「だったらどうしてお前の体から、翠麗《すいれい》の香の匂いがする？」

ずっと昔から姐《ねえ》さんは、月下美人の香を愛用していたのだ。だけど『どうして』というその理由を、険しい表情で問う兄さんにだって、僕は答えられなかった。

たとえ家族であったとしても……。

かといって咄嗟《とっさ》の嘘で誤魔化すことが出来なくて、思わず黙ってしまった僕を、兄さんはしばらく睨んだ。

気分は悪いはずなのに、それでも猛々《たけだけ》しさを感じるのは、さすが黄滉兄さんと言えなくもないが、だからといってここで怯《おび》えて話してしまうほど、僕はもう弱くはない。

兄さんが大きな溜息を一つ零《こぼ》した。

「……一緒にいる男、武人のようなナリはしてるが、ありゃ宦官《かんがん》だろう？　なんでお前が宦官なんか連れ回してるんだ？」

歩き方と臭いでわかる――と、兄さんが目を細め、廊下の人影を見やる。

「なあ――お前、いったい『誰』なんだ？」

「それは……」

駄目だ。言えない。

やっぱり、言える訳がない。

「……話したら、兄さんにまで、迷惑がかかるかも、しれない」

或《あ》いは『迷惑』じゃ済まないような恐ろしいことが——そんな言葉を呑《の》み込んで、僕は目を伏せた。

兄さんはしばらく黙って僕を見て——そして顔を両手で覆った。

「お前、じゃあ後《こう》……そんな……嘘だろ……」

掠《かす》れた声で兄さんが呻《うめ》いた。その顔からみるみる血の気が引いたように見える。

「い……いつからだ？」

「言えません」

僕は兄さんではなく、空虚に壁を見ながら答えた。

「誰がそんな大それた事を考えた？」

「それも……言えません」

「…………」

出来ることなら全てを隠しておきたかったけれど、さすがに兄さんも気が付いたようだ。

正直彼のことは、信用して良いのかすらわからない。黄浣兄さんはうっかり誰かに話してしまうかもしれない。出来るだけ知られない方が良い。

兄さんの為にも、だ。

兄さんもそんな僕の決意や心配が伝わったのだろう。彼はしばらく頭を抱えた後、

「おい」と僕を呼んだ。

「はい」

「じゃあ本当に……お前が毒を運んだ訳じゃないんだな？　だったらなんでここに来たんだ？」

「最初は流行《はやり》病と聞かされて――でも後《こう》……儀王宮で、兄さんの病状を聞いて、毒に詳しい友人が、病ではなく秋水仙なのではないかと――聞き覚えがありますか？」

「いや……」

兄さんは『秋水仙……』と聞き慣れない言葉を、口の中で転がした。

「ただ胡族《こぞく》から伝わった薬だと聞いた。最近、時々足が痛む事があるんだが、それによく効く薬なので、俺に飲ませるようにと」

仕女は『僕』からそう言付かって、言われたとおりに兄さんに薬として勧めた。

「全て飲んだんですか？　残っていますか？」

「苦くて飲めたもんじゃなくてな。すぐに残りは捨ててしまった。女の部屋でな」

もし残っていたら、本当に毒が秋水仙だったかドゥドゥさんに調べて貰《もら》うことも出来ただろうが、その方法は僕の気乗りしないやり方だし、兄さんだってまさか一晩以

上後から、その毒が体内で暴れ出すとは、夢にも思わなかったようだから仕方がない。

「だが北里《花街》で酒をくらっている最中《さなか》に、みるみる気分が悪くなって――なのに同じ瓶の酒、同じ皿の飯を喰《く》らっていた友はみんなぴんぴんしていた。だからすぐに気が付いた。お前から貰った薬のせいだってな」

「その仕女が嘘を言っていた、ということはないんですか？」

「何のためにだ？　仕女がお前に罪を着せてなんになる？　そもそもお前からと言われた薬を、俺が素直に飲むとは限らないだろ？」

「それは……確かに」

これは兄さんの言うとおりだ。

本当に兄さんに毒を飲ませたいと思っていたら、僕以外の――そうだ、もっと兄さんと親しい人からの薬と言って伝えた方がいい。兄さんが警戒なく飲むような。

その人に罪を背負わせたくないのかもしれないけれど、そもそも飲んで貰えるかどうかわからない状況で、高価で希有《けう》な毒を使いはしないだろう。

さすがに毒とは思わずに、今回は試しに飲んでみる気にはなったみたいだけれど。

「何はともあれ、取り返しのつかない量でなくて良かったです……」

毒は飲みにくいものとドゥドゥさんはよく言っているが、兄がたくさん飲まないでくれて良かったと、僕は改めて思った。

「それで……じゃあお前はわざわざ、俺を治療するために来たって言うのか？」

ほっとした表情の僕を見て、兄さんが怪訝《けげん》そうに問うた。

「はい」

「だってお前、今は後《こ》――」

「はい」

『後宮』と彼が言い終わるより先に、苦笑いで頷《うなず》いた。我ながら無謀な事をした自覚がある。

でも、それでも来ないという選択はできなかった。

兄さんは驚いたような顔をして――でも何も言わずに、僕の手をぎゅっと摑んだ。

普段よりも弱々しいと思ったけれど、夕べ僕が触れた、重い『腕の塊』だった部分ではなく、確かに生きている手の感触に、じわっと瞳《ひとみ》が濡《ぬ》れた。

「手遅れにならなくて、本当に良かった……」

兄さんの手を握り返して言うと、涙が頬を伝ったので、なんだか兄さんも泣きそうな顔をした。そんな顔が出来る人だとは知らなかった。

「……なんでだよ」

「なんでしょうね」

理由はいくつもある。でも一番はどれだろうか。

「もし『彼女』が罪を犯していたのなら、それを止めなきゃいけないと思ったし、それに……自分で思っていた以上に、僕は兄さんが好きだったみたいです」

兄さんの為だけじゃないけれど、兄さんの為でもあった事に間違いはない。

「きっと昔……池に落ちたのを助けてくれた事の恩返しです」

「そんな事したか？」

兄さんが不思議そうに言った。

「助けられた方は忘れていないんですよ」

まぁ……本当は僕もずっと、忘れていたけれど。

だけどあの日、確かにこの兄さんの手が僕を掴んで、救い上げてくれたのだ。

兄さんは、空いた方の手の甲で溢《あふ》れた涙を拭《ぬぐ》う僕を見て目を細め——けれどすぐに真顔になった。

「だからってお前を信用しているわけじゃない。だってお前は——お前は、翠麗の腰《こし》巾着《ぎんちゃく》だからな」

翠麗、と兄さんは少しだけ声を潜ませた。まるでその名は口にしてはいけないように。

「そう……ですね」

腰巾着という言われ方はなんだか不本意ではあるものの、まぁ……間違っている訳ではないか。

「だったらこんなこと、お前……本当に毒を盛ったのが『あいつ』だとしたら、俺を助けたら駄目だ」

兄さんは更に声を潜めていった。溜息《ためいき》のように。だけど勿論《もちろん》、姐《ねえ》さんが犯人だとはまだ決まっていない。

「どうしてですか。そもそもこんなことは本意だとは思えない。きっと誰かに怯《おび》えて、仕方なくやっているんだと思います。でなければ、姐さんがこんなことする理由がないでしょう？」

だってあの優しい姐さんが、いくら仲が良くないからって兄さんに、そんな危険な毒を盛るなんて思えない。

なのに兄さんはくしゃっと顔を顰《しか》め、「あいつに怖い物なんてあるかよ」と呟《つぶや》いた。

「なあ玉蘭」

「はい？」

「お前……『忠節』とはなんなのか、わかっているか？」

「忠……節？」

そりゃあ、勿論わかっている。忠義を尽くすこと、この大唐で生きる者にとって大切なことの一つだ。

「俺はずっと、お前は翠麗に育てて貰った恩から、あいつに忠節を誓っているんだと思ってた」

「それは……確かにそうですね」

姐さんは僕にとって母親同然、この世で一番守りたい人だ。

「違う」

だのに、兄さんはそう言った。

「善悪じゃない」

「え？」

「いいか？　玉蘭。忠節の誓いは主人が正しいか、間違っているかなんてことは関係ないんだ。いやむしろ主君が間違えていたとしても、従い支えるのが忠だ」

「そんな……」

「だったらお前、なんの為にあいつに尽くすんだ？」

「なんの為……？」

「忠義、忠節でないなら、なんの為に翠麗に従う？」

兄さんがまっすぐ僕を見た。こうやって見ると、やはり兄さんは僕の兄で、そして翠麗に目が似ていると思った。

「それは……」

忠義と言おうとして、言えなかったのは兄さんの言うように、間違った姐さんにも付き従えるか自信がなかったからだ。

姐さんがそんな間違った事をするはずがないと思って信じていたし、今でも信じたいと思っているけれど、だけど本当に彼女が兄さんを殺そうとしていたら——それも、ドゥドゥさんから教えて貰った毒を使って。

知りたくて、確かめたくてここに来た。

それが『忠節か？』と聞かれたら、答えに困る。

「お前は理由がない、なんて言ってるが……陛下があの調子じゃ、翠麗に皇后の席は回ってこないだろう。皇太子の母になれる可能性もなさそうだ。次の皇帝に気に入られりゃいいけど、尼になれるような女でもない。戻ってきたところで、娘のあいつが女戸（※女主人）になれる訳でもない」

皇后や御子《みこ》の母になれなかった妃嬪《ひひん》は尼僧になるのが普通だ。でも姐さんがそういう人ではないという、兄さんの言葉も正しいように思う。

だけど梅《ばい》麗妃も言っていた。大唐の法では、娘は家を継げない。

分形同気——つまり父と息子は同じ『気』を継ぐものだと言われている。父の死後は嫡子ではない僕ですら、等しく財産が残される。

けれど姐さんは違う。『気』が違うから、女性は嫁ぐのに必要な持参金だけ与えられるだけで、父の財産は残されない。

玄宗《げんそう》皇帝が退位された後、姐さんはどうなるのだろう。そのまま後宮に残り、次の皇帝にお仕えする妃嬪もいるとはいうけれど……。

「一番簡単な方法は、俺を殺した後、次は兄哥《あにき》だ。そうすりゃ家と財産は全部お前に行く。お前が家を継ぐってことは、翠麗がこの家を支配するって事だろ？」

「そんな……」

確かに今までだって姐さんは、この家で亡き母の代わりを務めてきた。

父上には他に子供がいない。もし兄さん達二人に何かあれば、家を継ぐのは僕になる。

そうなれば……また姐さんが、この家の女主人になるのは自然なことだ。きっと僕自身も姐さんを頼ってしまうだろう。

「まあいい。これから先は俺も用心するさ。それよりお前、どうやって『あそこ』に戻るつもりなんだ？」

「えっと……それが夜、抜け出す手伝いをしてくれた御仁が、再び迎えを遣わせてくれる事になっていたんですが……その……予定より早く戻られた陛下が宴《うたげ》を催すと……」

「そりゃお前……いないとまずいじゃないかよ」

話を聞く兄さんの顔から、またみるみる血の気が引いていった。

「大変まずいですよね……」

「どうするんだ？」

「どうって……どうにかするしかないです……」

一晩くらいなら、桜雪《おうせつ》達がなんとかしのいでくれるはずだ。

あとはとりあえず後宮の近くまで行けば、絶牙だけでも後宮に戻って貰《もら》って、そこからどうにかできるかもしれない。

「寧々を呼んでくれ」

少し考えて兄さんが言った。言われるまま彼女を呼びに行く。

「弱鶏《びびり》を通明門の近くまで送ってやってくれ」

兄さんは寧々の顔を見るなりそう言って、そこで寝台の上で深く息をついた。よく考えてみれば、昨日まで毒で倒れていた人なのだ。

「あの……」

「心配するな。寧々は口が固い。一人では動くな」

「絶牙も一緒ですし――」

「…………」

兄さんは黙って僕を見た。その顔色はやはりけして良いとは言えなくて、正直彼女には兄さんの世話をして欲しいと思ったけれど、どうやら兄さんなりに僕を心配してくれているのだと気が付いた。

「あ……ありがとうございます」

素直に頭《こうべ》を垂れると、兄さんは僕の頭を撫《な》でた。

「ずっとお前のことが可愛くなかった」

「それは知ってました」

苦笑いで応《こた》えると、兄さんはふん、と鼻を鳴らす。

「せっかく出来た弟なのに、俺じゃなくて翠麗の子分になりやがって」

別に僕は姐さんの子分じゃない筈《はず》なんだけれど。でも兄さんからはそう見えたって事なのだろう。

「まあいい。あっちでは大事にされているのか？　ちゃんと飯は食えよ。お前、すぐ寝込むからな」

「しっかり食べてますよ。みんないい人達ばかりですし」

「そうか……母上もよく食べるのに、全然細くて弱っちくて、すぐ熱を出されたんだ」

兄さんが目を閉じていった。

「僕の母上ではないですが……」

「わかってるよ。でも変だよな、お前が一番母上に似ている気がする」

「姐《ねえ》さんではなく、僕が、ですか？」

「翠麗は強すぎるからな。母上はもっとか弱い方だった――だから父上はお前のことが苦手なんだろう。弱っちいお前を見ると、みんな母上のことが恋しくなるんだ」

「…………」

どうしてだろう。

僕は僕なのに、みんな僕に僕以外の誰かを見ている。

不意に寂しくなった。誰も、僕の事を見てくれない――。

とはいえ、だからこそ僕は姐さんの身代わりになれるのだ。

「まあいい、もう行け。あっちで困ったことが何かあったら使いを寄こせよ。俺は恩知らずじゃないから、雑用ぐらいはしてやるさ」

そこまで言うと、横たわったまま目を閉じた兄さんは、呼吸を整えるように静かに長い呼吸をしはじめた。

その上下する胸は確かに彼が生きていて、そして僕とドゥドゥさんが救ったのだと安堵《あんど》した。

八

屋敷に姐さんの気配はなかった。それでも少し気にして振り返りながら歩く僕を見て、寧々《ねね》が「ご安心ください」と言った。

「内廷の御門まで、寧々がお守りいたしますから」

「絶牙《ぜつが》が一緒だからそんな心配はいらないよ。彼は宦官《かんがん》だけど、とても腕の立つ武人なんです」

「ですが、翠麗《すいれい》様の宦官なのでしょう？」

「え？」

寧々がまるで睨《にら》むように絶牙を見た。彼はまるで見えない、聞こえないという表情で僕より少し遠くを見ていたが。

「姐さんは、僕に危険なことはしないよ」

「そうでしょうか？」

少しも信じていないというように彼から引き離し、寧々が僕の腕をぎゅっと摑《つか》む。

「それに姐さんが毒を盛ったかどうかだって、まだわからない」

「…………」

寧々は返事をせずに黙ってしまった。まぁ……彼女の言いたいことがわからないわけでもないが。

僕自身もずっと姐さんを疑えば良いのか、信じれば良いのか思いあぐねていた。だけど姐さんの力になりたいことに変わりはない。信じたいと思う。

姐さんが困っていて、僕に助けを求めているなら、それに応えずにはいられない。自分でも名前のわからないこの気持ちは、愛情なのか、忠義なのか。

まるで自分の休の半分のように大切で愛《いと》おしい人が、もしも正しくないとしたならば、僕はどうしたらよいのだろうか。

少なくともやっぱり姐さんは、兄さんが言っているような財産だとか、お金だとかいう、単純な私欲で人を傷つけるとは思えない。

そうしなければいけない理由があるのか、誰かへの忠義で動いているのかもしれない。

──僕には全部話してくれたら良いのに。

そんなことを考えながら、日暮れ前の茜色《あかねいろ》の光を受け、槐《えんじゅ》の花と長い影が揺れる通りを歩いた。

槐は科挙の季節の花。そういえば僕が一番最初に科挙に受かりたいと思ったのも、姐さんのそばに少しでもいたかったからだ。

外廷とはいえ文官として、陛下にお仕えしたかった。

だけど勿論《もちろん》それは姐さんのためだけではなくて、自分の不安定な立場をどうにかしたい、尊敬する叔父上《おじ》の力になりたいという気持ちもあった。

そうだ、全部が全部姐さんのためだけじゃない。僕自身の意志だってある——筈だ。

僕は姐さんの腰巾着《こしぎんちゃく》なだけじゃない。

僕は僕だ。たとえ誰に似ていようとも——。

そんなことを考えているうちに、とうとう後宮の近くまでたどり着いた。

「ここから先は僕らだけの方が良いです」

寧々にそう言うと、彼女は不安げに僕の腕を解いた。

「……このまま逃げましょうか。寧々にも少し蓄えがあります。貴方《あなた》を逃がすくらいの事なら——」

寧々は少し躊躇《ためら》った後、それでも我慢できないという風に言った。

「そういう訳にはいかないんだ。大変なことになる」

「そうですが……」

寧々は僕と姐さんの事をどこまで気が付いているのだろう？　入れ替わっているこ

とまで？

だけどどちらにせよ、彼女は僕を害するようなことはしないだろう。口止めだって必要ない筈だ。

「とにかく、僕は大丈夫だから」

寧々は顔をくしゃっと歪《ゆが》め、泣きそうな顔で俯《うつむ》いた。

「……いつもそうです。お嬢様はそうなんです。そうやって退路を断つようにして、人を自分の思うままにするんです」

「え？　そ、そんなことないよ。それに僕らだって、姐さんに色々なことを押しつけていたんだ」

家のため、姐さんは望み望まれて後宮に行ったと思っていた。

姐さんにとっても、それは誉れ高い幸せなことなんだって、僕はずっと思っていた。だけど実際暮らしてみた後宮は窮屈で寂しく悲しい。思っていたような素敵な場所なんかじゃなかった。

あの場所で姐さんがどんな努力をし、何を我慢し、どんな気持ちを抱えて暮らしていたのか……。

それを思えば、またしばらくの間、僕が身代わりになることなんて、たいしたことじゃないんだ。

「とにかく僕は戻るよ、自分の意志で。そして姐さんに問いただしてみる。いったい何を考えているのか。だから寧々は戻って、兄さんを守って欲しい」

きっぱり言う僕に、寧々は反論しなかった。

出来ない立場だからというよりも、少しは僕の成長に気が付いてくれたのだろうか。

彼女は何か言いたそうだった言葉を呑《の》み込んで、「わかりました」と頭《こうべ》を垂れた。

僕は寧々と別れ、絶牙と二人で通明門を目指した。

直接姐さんに繋《つな》がる術《すべ》はない。でも宴《うたげ》の席だったら、安禄山《あんろくざん》と話すことが出来るかもしれない。

それが無理なら耀庭《ようてい》だ。彼の縁戚《えんせき》であるという李猪児《りちょじ》に連絡する術を教えて貰《もら》うのだ。

ずっと彼を信用して良いかどうか迷っていたけれど、きっと彼ならわかってくれる。

叔父の高力士《こうりきし》様に話すことも考えた。

だけど姐さんが彼に何も話していないと言うことは、彼に知られたくないことなのだ。だからこれは僕が慎重に取り扱わなきゃいけない。

「門に着いたら、絶牙は中に戻ってください。きっと桜雪《おうせつ》達は困っているだろうし、僕が近くに居ることと、どうにかして中に入ることが出来れば宴に参加できることを教えてください」

中に入るのは勿論容易な事ではないだろう。きっとまた耀庭や李林甫《りりんぽ》様のお力を借りなければならない。でも戻らないわけには行かないから。


「あ……その、夕べは、どうも……」

そうして夕べと同じ門番相手に、気まずい挨拶《あいさつ》をして絶牙を見送った。

ひとまず彼には連絡係を務めて貰うしかない。

だけど、それからどれだけ待っていても、絶牙は戻ってこなかった。

門の横に、気まずく頭を下げたまま立っていると、日はすっかり沈み、黒々とした空に星が転々と散らばりだしても彼の姿はなく、さすがに僕の心に焦りが走った。

「あの……すみません。先ほどの宦官と連絡が取りたいのですが……」

人目も気になるし、悩んだ末に僕は門番の一人に声を掛けた。

最初は迷惑そうな顔をしたものの、僕が華妃の弟で、しかもどうやら李林甫様のお気に入りらしい……と知っている彼らは、渋々と言った調子で別の宦官を手配し、絶牙を呼びに行かせてくれた。

彼が来ない……と言うことは、何か不測の事態が起きているのかもしれない。だけどこのままこうやって、ぼんやり待っているわけにも行かないのだ。

じりじりと時間が過ぎる。

寒さがじんわりと手足に染みこんできたので、ほう、と口元に手を当てて、呼気で温めていると、やがて門の向こう側がざわつきだした。

良かった……。

絶牙か、もしくは耀庭か誰かが来てくれたのだろうか？　閉ざされた門がゆっくりと開けられて、ほっと息を吐いた僕は——その光景に再び呆然《ぼうぜん》とした。

門の向こうに立ち、けして越えられない見えない壁があるように、不安げに一人の女性が立ち尽くしていた。

その表情は嬉《うれ》しそうで、そして泣きそうだった。

月の下にたたずむ人——玉や真珠や月の影、この世で冴《さ》え冴《ざ》えと美しく輝くものを、すべて混ぜ合わせてこね上げたら……仲満《ちゅうまん》がそう讃《たた》えた美しさ。

一筋風が吹くと、微《かす》かな月下美人の花の匂いが僕の鼻腔《びこう》をくすぐった。


「玉蘭《ぎょくらん》……」


僕と同じ顔、同じ声、だけど僕より少し華奢《きゃしゃ》な肩、絹のような髪。

「……姉《ねえ》さん？」

そこには誰より美しい、後宮の『華妃』が立っていた。

九

池の中の鯉のように口をぱくぱくとするだけで、すぐには二の句が継げなかった。

そんな僕を見て、姐さんは自分の胸元を押さえた。苦しげに。

「玉蘭《ぎょくらん》」

「な……どうして？」

ようやく声になった言葉はそれで、でも一つ声にしたら、一気に何もかもをぶちまけて、聞いてしまいそうになって、僕は結局ぎゅっと唇を強く結んだ。

門番達の前で話す訳にはいかないし、『玉蘭』である僕は、ここを越えるわけに行かないのだ。

「ごめんなさいね……これからすぐに宴に出なければならないの。陛下がわたしの舞をご所望なのよ」

「そう……なんだ。元気に、してるんだね」

かろうじてそう応《こた》え、姐さんの隣に立つ絶牙《ぜつが》を見た。

彼は僕と目を合わせず、ただ下を向いていた。

何もかも、裏切られたような、そんな気持ちがこみ上げてきて、僕は一瞬泣きそうになった。

「李林甫《りりんぽ》様は優しくしてくださった？　お兄様の具合は大丈夫だった」

「大丈夫だった？　って、今更……」

咄嗟《とっさ》に頭に血が上りそうになった。でも姐さんの表情は笑っても、そして泣いてもいなかった。不安と言うよりも、思い詰めたような表情で、僕もギリギリで怒りを呑み込む。

「黄滉《おうこう》兄さんでしたら……治療のお陰で、昼にはもう起き上がれるように」

「そう……良かった」

翠麗《すいれい》が心底ほっとしたように緊張を解いた。

「貴方《あなた》なら絶対、お兄様を救ってくれるって信じていたわ、玉蘭」

「僕が？」

「ええ……本当にありがとう」

姐さんはゆっくり自分の胸をなで下ろすと、髪に挿していた簪《かんざし》を抜いた。

「姐さん……？」

「玉蘭。あなたがいてくれるから、わたしはこうやって『華妃』でいられるのだわ」

姐さんはそう言うと、華奢な腕を伸ばし、僕に簪を差し出した。

門番は少しだけ咎《とが》めるように僕らを見たが、とはいえただの簪だ。制止されることもなく、僕も腕を伸ばしてそれを受け取った。

「じゃあね、わたしはもう行かなくちゃ……。気をつけてね、くれぐれも」

僕の目指す完璧《かんぺき》な仕草で姐さんは僕に手を振り、そして門番達に優しい笑顔でお礼を言った。本来ならば姐さんは、こんな風に家人と話してはいけないのだ。

来た時同様に唐突に、呆然とする僕を一方的に置き去りにして、門は閉められ、姐さんはいなくなった。

僕は何もかもを無くしてしまったみたいに、心と体がすっからかんになった気分に陥っていた。

こんなにも覚悟を決めていたのに、姐さんが後宮に戻ってきたのだ。

戻ってきてしまった——いや、戻ってきてくれた。これでもう僕は『高華妃《こう》』にならなくていいんだ。

絶牙や桜雪《おうせつ》、茴香《ういか》に耀庭《ようてい》……お礼も言えないままだけれど、これからは彼らにすがらなくていい。

もうこれで……僕は儀王宮に戻れるんだ。

また仲満《ちゅうまん》とお茶を飲み——そうだ、きっと次の科挙を受けさせて貰えるだろう。叔《お》父《じ》上は約束を違《たが》えたりしないはずだ。

「そっか……もう、いいんだ……」

大変な四ヶ月ではあったけれど、でもこれで全部が僕の願い通りになるはずだ。

だけどあんまり急すぎて、拍子抜けした頭が上手《うま》く働かない。

せめて——ああ、せめて、ドゥドゥさんにはお別れが言いたかった。

僕の身代わり生活を支えてくれた人。唯一の友達。そしてきっと……彼女はきっと、この先も後宮の外には出てこないだろう。

妃嬪《ひひん》として陛下の隣に立つこともない人だ。

あのうっそうと茂る木々の中で、これからもずっとひっそりと生きていく人。秋の蝶《ちょう》のように誰に、何に縛られることもなく。

もう二度と、彼女と僕の人生は交わることがないんだ。

毒の妃《きさき》として、このままずっと後宮で——。

「…………」

ひどく寒さを感じながら、僕は通明門を後にした。今夜はこれからどうしたら良いのだろう。家に帰ればいいのか？　それとも儀王宮に戻る？　叔父上に会ってもう一度話を——。

ぎゅ、と無意識に握りしめた掌《てのひら》の違和感に、ふと簪のことを思いだした。

鼈甲《べっこう》に赤い石を下げた上等なものだ。姐さんの身代わりを務めた僕への労《ねぎら》い、報酬なのかもしれないけれど、だからといって手放す気にはなれない。

これは桜雪達との思い出に取っておこう……と改めて簪を眺めて気が付いた。

赤い石は牡丹《ぼたん》の花を模している。

「……赤い花、だ」

赤い花は是《はい》──本当の意味。

「…………」

──あなたがいてくれるから、わたしはこうやって『華妃』でいられるのだわ。

簪を渡す前に、姐さんは僕にそう言った。その前は……？

「姐さんは、僕を信じている──本当に」

姐さんが門の前で告げた言葉は真実なんだ。

兄さんのことを案じていたことも、僕が助けると願っていたことも。

だとするならば、兄さんに毒を盛ることは、姐さんの本意ではなかったか、誰かの為にそうするしかなかった。

けれどそうしなければならない状況にあったけれど、兄さんを殺《あや》めたくはなかった。

だから僕がドゥドゥさんから話を聞いて、助けに来ると信じていた……そういう事なのか？

そして姐《ねえ》さんは過去形にしなかった。僕が『いてくれた』ではなく、確かに『いてくれるから』と進行形で言ったのだ。

「つまり姐さんには、まだ僕が必要だって事なのか……？」

急に頭が冴《さ》えてきた。こんな風にしょぼくれている場合じゃない。

姐さんは宴《うたげ》に出る。宴の席は人の出入りも多い、だったら、再び入れ替わるタイミングはそこだ。

とはいえ、今僕一人で動くのは無理だろう。

宴は今日明日開かれると言うから、どうにかして明日《あした》には紛れ込まなきゃいけない。

叔父上を頼るか？

いや、いくら叔父上だからって、僕と姐さんが再び入れ替わることを許しはしない。

それにそもそも再び後宮に戻るために、力添えをお願いしていたのは李林甫様だ。

僕は懐から、もう一本の翡翠《ひすい》の簪を取り出した。

外廷に繋《つな》がる門で、見覚えのある文官の一人に、簪と共に文を託した——今宵《こよい》夕べの場所でお待ちしていますと。

勿論《もちろん》、彼が来てくれる保証はないけれど、それでも夕べ馬車で別れた場所で彼を待つのか？

った。

夜が深まるほどに、寒さと諦《あきら》めが僕を弱くさせる。

なにより一人でいる事が。

後宮では、一人の時間がないのが辛《つら》いことの一つだったけれど、いつでも静かに、常に側に居て僕を気にかけてくれた絶牙の不在が、こんなにも空虚に感じるとは驚いた。

彼がいないと言うだけで、辺りの気温が数度下がったような気がする。

同時に僕はこんなにも、いつでも誰かに頼りっぱなしだったのかと、情けなさを覚えた。

だけどそもそも彼は姐さんの近侍なのだ。

僕じゃない。

彼は僕に本当に優しくしてくれたし、彼ほど頼もしい人は居なかった。僕が玉蘭に戻った後は、せめて友人になりたい。彼がそれを許してくれるなら。

そんな風に、必死に良い事を、希望のある事だけを考えるようにしながら、僕は李林甫様を待った。

やがて夜闇に隠れるように、微《かす》かな馬の足音が響いてきた。

震える僕を見て、驚いた表情で李林甫様が馬車から飛び出してきた。

「これは……いったいどういう事なのか……!?」

夕べ別れた僕の姿を見て、彼は驚いていた。

それはそうだろう、今日宴に出席したであろう彼は、後宮に戻って来て、陛下の前で舞を披露した『翠麗』を見ているはずだ。

「それが……陛下がお戻りになられるということで、弟の玉蘭がわたくしの代わりに」

「それはまた、大それた事をなさる」

私もすっかり瞞《だま》されました、と李林甫様は嘆息した。

「ええ、ですからこのまま弟を身代わりには出来ません。明日の宴に乗じて、なんとかもう一度入れ替われるようにしたいのですが」

「なるほど……」

李林甫様は頷《うなず》いて——けれど腕を組み、思案するように形良い眉《まゆ》を顰《ひそ》めた。

「とはいえ……いくら私でも、宴の席で常に妃嬪のおそばに近づけるとは限りません」

それに女性を連れて宴に行けば、逆に人目を惹《ひ》いてしまう……と彼は申し訳なさそうに言った。

「それは……確かに」

公式の場で女性を連れて歩かない彼が女性と共に宴に赴けば、確かに逆に注目の的になってしまうだろう。

「ですので、もうお一方、ご助力を乞《こ》われてはいかがでしょうか」

「もう一人、ですか？」

「はい。華妃様とお親しく、そして宴に出入りも出来る女性です。きっとお応《こた》えくださるでしょう」

李林甫様はそう言って、自信たっぷりに微笑んだのだった。


その夜はひとまず、平康坊《へいこうぼう》の東南にある李林甫様の屋敷に厄介になった。

平康坊は高官や貴人の住む地域の中でもっとも煌《きら》びやかな歓楽街で、李林甫様がお住まいというのがなんともしっくり来る。

深夜にも拘《かか》わらず快く僕を受け入れてくれた彼は、屋敷も人も好きに使って構わないと言った上で、僕が気兼ねないように自身は家を空けてくれた。

屋敷の使用人達も、みな女性か宦官《かんがん》だけだった。陛下の妃嬪への配慮なのだろう。

彼が本当に翠麗を大切にし、敬意を払ってくれているのだと感謝しながら、僕は朝まで健やかに休むことが出来た。

ゆっくり色々考えたかったけれど、寒さと疲労でふらふらしていた体では、それも敵《かな》わなかったのだ。

でもいい。まずはちゃんと休んでまた夜に備えなければ。

そうして翌朝早くに李林甫様と訪ねてきてくれたのは、僕もよく知る女性——美しさと凜々《りり》しさが共存する、皇帝陛下のご息女・太華《たいか》公主その人だった。

男性のような胡服《こふく》姿が勇ましい。きっと馬を駆ってここまで来てくれたのだろう。

「……本当に、そっくりなのね」

昨日宴で『翠麗』を見かけたという公主は、朝、自力で薄い化粧を済ませた僕を見て、心底驚いたように言った。

まぁ、本当の事を言えば、彼女が見た『翠麗』の方が本物なのだが。

「それで、お兄様の具合はよくなられたの？」

どうやら李林甫様は、この僕の逃亡劇の顚末《てんまつ》を、予《あらかじ》め彼女に説明してくれたらしい。

「はい。おかげさまで……」

「良かった。でもそれじゃあやっぱり、流行《はやり》病じゃなかったって事ね」

太華公主がくっきりした眉を顰めて言った。

「きっと毒妃に聞いたのね。でなければ、貴女《あなた》が後宮を抜け出してまで、わざわざ行くわけがないもの」

「…………」

聡明《そうめい》な人だとはわかっていたけれど、見透かすように言われてしまって、僕は思わず言葉に詰まった。

「ああ、責めてるんじゃないのよ？」

「本当ですか……？」

「ええ。だって仕方ないでしょ。私でもきっと同じ事をするわ。それに貴女がお父様を裏切るようなことをすると思えないし」

公主と妃嬪《ひひん》、立場は違うとはいえ彼女は同じ『後宮』の女性だ。もしかしたら、僕の脱走の理由次第では……と思われたのかもしれないけれど、幸い彼女は僕を全面的に信じてくれたらしかった。

「でもそうね、戻るなら李林甫ではなく、私と一緒に行く方が良いと思うわ」

こんな早朝に呼び出されたにも拘わらず、僕を後宮に帰す為の協力を買って出てくれた公主に感謝する。

「でも、上手《うま》くいくでしょうか」

「平気よ。貴女も公主のふりをしましょ」

「は？　わたくしが公主様にですか？」

「ええ、そう。簡単でしょう？　心配しなくて大丈夫」

その自信たっぷりな口調に、困惑しながらも頷くと、公主は僕ににっこり微笑んだ。

「うんとおめかしして行きましょ。お父様にいったい何人娘が居ると思ってるの？　皇子ならともかく、私達なら一人ぐらい増えてたってわかりゃしないわよ」

「そういうものでしょうか」

「前に言ったでしょ、『私の体は政《まつりごと》』よ。せいぜい政治のために誰かに嫁がされるだけの存在だもの。お父様だって私達の事、全員なんて覚えていないわ」

そこまで言うと、彼女は僕を見てうーん、と唸《うな》った。

「そうね……じゃあ槐華《かいか》公主とでも名乗りましょうか。縁起が良いでしょ？」

気が付けば、僕の後ろ、窓の外で揺れている柊《ひいらぎ》の黄色い花を見ていたらしい李林甫様も彼女の提案に、「良いのではないでしょうか」と言った。

「では私は、襦裙《じゅくん》や装飾品を手配しましょう」

「うんと綺麗《きれい》なのにしてあげてね。金と翡翠《ひすい》色が良いわ。入れ替わった時に翠麗として違和感がないように」

「上等な物を揃えます」

「そうね――でもね、李林甫」

恭しく頭《こうべ》を垂れた李林甫様の前に立ちはだかった公主様が、ずい、と彼の胸元に人差し指を突きつけた。怖い顔だ。

「翠麗に何かしたら、ただじゃおかないから」

「勿論《もちろん》わかっております」

「……本当かしら」

頷く李林甫様だったが、公主様はあまり信じていなそうだ。

「夕べもわざわざお人払いしてくださるだけでなく、李林甫様もお屋敷の外でお過ごしくださったのです」

「そんなの当たり前でしょ？　貴女は華妃なのよ、翠麗。お父様の妃嬪なのだから、宰相如きが同じ屋敷で夜を明かすなんて許されないわ」

慌てて僕も言い添えたものの、ふんふんと公主様の鼻息は荒い。以前からあまり仲が良くはないように思っていたけれど、僕が思っていた以上に、公主様と李林甫様は難しい関係なのかもしれない。

でも、それでも彼女はこうして、翠麗のために――僕のために駆けつけてくれたのだと思うと胸が熱くなった。

「とにかく、彼女に何かあったら、お前の命は無いと思いなさい」

「この李林甫、命に代えても華妃様をお守りいたします」

そうきっぱりと言う公主に、再び李林甫様が慇懃《いんぎん》に礼をした。

公主様はぎゅっと顔を顰《しか》めた。

「お前がお母様に、私達にしたことを、私は一生許さないわ――でも、だからこそお前が翠麗を傷つけたりしないことを信じましょう。いいわね？　これ以上私を失望させないことよ」

公主様はそれだけ言うと、自身も宴《うたげ》の支度があると言って一度戻られてしまった。後でまた迎えに来てくれると言うことだ。

きっと桜雪が指導に苦労しただろう、長い廊下をまるで武官のように勇ましく歩いて行く後ろ姿が頼もしい。

その後ろ姿が遠くなるのを見て、李林甫様が「やれやれ」というように小さく息を吐いた。

「優しい方ですわ」

慌てて僕が言うと、彼は苦笑いで頷《うなず》いた。

「わかっています。私が悪いのです」

「彼女にいったい何をされたのですか？」

嫋《たお》やかな貴人と呼ぶには凜々しく、気丈で優しい公主様が、こんな風に彼を嫌うのはよっぽどの事な気がして、つい僕は質問を口にしてしまった。

「…………」

「あ、あの……」

李林甫様が僕を見た。まるで咎《とが》めるように。その表情を見て、すぐに自分の失言に気が付いたが、取り下げようと慌てた僕に、彼はゆっくり首を横に振った。

「……ただ私は――皇后になって頂きたかったのです」

彼は少しだけ黙った後、寂しげに言った。

「え？」

「武《ぶ》恵妃様に」

「あ……ああ」

武恵妃様は太華公主の母上だ。

貴妃様の前に誰よりも皇帝の寵愛《ちょうあい》を得られた女性で、勇ましく、そして聡明であったと聞いている。

王《おう》皇后が怪しい呪いの咎で廃位された後、皇后の座はずっと空いたまま。

当時は武恵妃様を皇后に……という声も多かったが、同時に反対の声も多かった。

彼女の祖父が武則天《ぶそくてん》様の従兄弟《いとこ》であり、他でもなく武則天様の血に連なる人を皇后に据える訳にはいかないと、政権は二つの意見で割れたのだった。

武恵妃様にも野心があったのだろう。

彼女は皇后になれないなら、今度は我が子を皇太子にと望まれた。

けれど寿王李瑁《じゅおうりぼう》様は、玄宗陛下の第十八子。帝位は遠い。

このあたりの事を僕はあまり詳しくはないが、様々な人の思惑が交錯した結果、当時太子李瑛《りえい》様、鄂王李瑶《がくおうりよう》様、光王李琚《こうおうりきょ》様の三人——つまりは皇太子の座を争う三人が、相次いでその地位を廃された後、自害された。

だがそれでも次期皇帝の座は遠く、結局李瑁様が皇太子と認められる前に、武恵妃様は病気で身罷《みまか》られてしまったのだった。
そして李林甫様は、武恵妃様の後ろ盾によって宰相として召し抱えられた方……と
いう噂は聞いたことがあるけれど……。
「……公主様のように、素敵な方だったのでしょうね」
太華公主の聡明さや行動力、その心根の強さを思うに、きっと武恵妃様もそのよう
な人だったのだろう。陛下は強い女性がお好きだと聞くし。
「気高い雌獅子《めじし》のような方でしたよ」
李林甫様は懐かしそうに、寂しそうにそれだけ言って黙ってしまわれたので、僕も
口を噤《つぐ》んだ。
普段とは違う、感傷的なその横顔を見たら、何も言えなくなってしまったのだ。
もしかしたら、その後悔だとか無念だとか、そういう気持ちで彼は姐《ねえ》さんを皇后に、
と言っているのかもしれない。
だとすれば、姐さんまで権力争いのような、危険な事に巻き込まないで欲しい……
と別な不安が僕の胸を過《よぎ》ったけれど、少なくとも今、僕と姐さんを助けてくれる彼を、
本当に信頼しても良さそうだ。
まあ、そもそも今は彼を信じるより他ない。とにかくなんとしても宴に忍び込んで、

姐さんと会わなければ。

直接話が聞きたい。彼女が何を考えているのか。

温泉宮に居た頃は、どうしてこんな目に遭わなきゃいけないんだって思ったし、掖《えき》庭宮《ていきゅう》に移った後も、ずっと——そうだ、一日でも早く家に帰りたかった。

だけど今はもう違う。

僕のこの感情に名前は見つからないけれど、それでも姐さんが困っているなら、まだ僕の力が必要なら、応《こた》えてあげたい。

そうだ。今度は自分自身の意志で、僕は後宮に戻る。

十

李《り》林甫《りんぽ》様はそれからすぐに、僕の変装用の襦裙や薄衣《うすぎぬ》、髪飾りを揃えてくれた。

さすが宗室（※皇帝の父系親族）の方だけあって、どれもびっくりするぐらい上等だ。

身支度のために、仕女を八人も付けてくれたけれど、とはいえ彼女たちに任せる訳には当然いかない。

「自分でやるから大丈夫よ。お前達は下がって良いわ」

心の中で感謝と謝罪を叫びながらも、僕は太華《たいか》公主の態度を真似て、彼女たちに言った。

「公主様がご自身で？」

おそらく仕女長と思《おぼ》しき、年かさの女性が怪訝《けげん》そうな顔をした。

「ええ。私、いつも自分でやるの」

「はぁ……でも、旦那《だんな》様からお手伝いするようにと――」

李林甫様に命じられた仕事だ。従わなければ叱られてしまうかもしれない人達だとはわかっているけれど、それでもお願いするわけには行かない。

「私に断られたと言いなさい。勿論《もちろん》貴女達《あなた》に粗相があったわけでもないわ。えっと……そ、そうよ。子供の頃大きな火傷《やけど》をしたから、貴女達にだって体を見られるのは嫌なのよ。だから――慣れているから平気よ。おかしなところがないか、最後に確認してくれるだけでいいわ」

「左様にございますか……」

信じて納得してくれたのかどうかはわからないけれど、少なくとも僕がそう言い張っている以上、無理に手を出すことも出来ないのだろう。

彼女たちは香油を落とした湯浴《ゆあ》みの支度をしてくれた後、着替えを一式丁寧に並べ、部屋を出て行ってくれた。

普段の月下美人とは違う、もう少し華やかな香りの香油だ。

それでゆっくり身を清めてから、僕は身支度を調えていった。

何種類か用意された襦裙《じゅくん》の中から、自分に合いそうな合わせを選ぶ。緑だって何種類もある。そういった術を温泉宮での修業時代に、しっかり僕に仕込んでくれた茴香《ういか》に感謝せずにいられない。

そして女性用の衣服の着替え方も。何かの時――そう、桜雪《おうせつ》達がいない時は、こうやって一人で身支度を調えなきゃいけないのだ。

訶子《したぎ》は少し胸の高いところに当てて、中に茴香が作ってくれた、綿と砂入りの胸当てを仕込み、段差を付けてから胸の下の紐《ひも》を縛る。

縛る前にくるくる紐をねじるように折り込むのが、最初どうしても上手《うま》く出来なくて、茴香達を困らせたのが、随分前のことのように感じた。

襦裙は出来ればさっと肩の披帛《ひはく》を交換するだけで、姐さんに入れ替われるような色にした。翡翠《ひすい》と金色の。

そのかわり、羽織る披帛と帯は濃い朱を。こうするだけで、姐さんとはまったく違う雰囲気になるだろう。

透けるような披帛には金糸で小さな花の刺繍《ししゅう》がしてあって、豪華で愛らしい。とても美しいけれど、あまり姐さんは好まない柄だと思う。

そこまで自分で着替えを済ませ、後は仕女達に頼んだ。

爪を塗り、顔に紅を差してくれたけれど、未婚ということで下ろし髪らしい。

あとは靴を履き替えるだけと、ほとんどの支度が終わった頃、見計らったように李林甫様が僕を訪ねてきた。

彼が手で合図すると、仕女達がみんな部屋を後にした。

少しほっとした。やっぱり面識のない人達にお世話をされるのが怖い。僕が翠麗《すいれい》であったり、男だったりする事に気が付く人がいるかもしれないから。

「まるで少女のようですね」

椅子に座った僕を見た途端、彼はそう破顔した。でも僕自身もそう思っていた。

「少し幼すぎませんか？」

「愛らしくて良いでしょう。とても普段の翠麗様のようには見えませんよ」

「まぁ……だったら良いのですが……」

そりゃあ変装なのだから、姐さんと違う方が良いだろうけれど……なんだか自分が本当に子供のような、そんな気がして、がっかりしてしまった。

勿論、見るからに雄々しく、むくつけき武人のような姿だったら、はなから姐さんの身代わりは務められていないけれど。

とはいえ、こうも子供っぽくなってしまうというのは、釈然としない気持ちだ。

「もうすぐ公主様がいらっしゃるでしょう。私がお力添え出来るのはここまでです。幸運をお祈りしています」

そんな少女のような僕の前に跪《ひざまず》き、李林甫様は僕の裙の裾《すそ》に恭しく口づけをした。

「……貴方《あなた》には本当に感謝しています」

「ありがたいお言葉にて」

さすがに居心地が悪いというか、困ってしまった。けれど……おそらくこの先何かあった時に、頼れる宰相がいるというのは、後宮での身代わり生活で安心の一つになるだろう。

きっと彼は姐さんのことだって守ってくれるはずだ。

「その忠義を、この先も期待しますわ……わたくしたち、良いお友達になれますわね？」

だから姐さんの笑顔で問うた。花が咲くような朗らかな笑顔で。

「勿論です。貴方が望まれるままに」

そう言って彼は靴を履き替えさせてくれた。

足という部分を他人に触られるというのは、相変わらずなかなか慣れない。素足を晒《さら》す事に躊躇《ためら》いがないと言えば嘘になるけれど、彼の手つきは絶牙《ぜつが》や女官達よりも優しく、快い。

その時、とすとすと足音が近づいてくると、使用人の一人が太華公主がいらっしゃったと教えてくれた。

僕を迎えに来てくれたのだ。

「まああ！　なんてかわいらしいのかしら！」

公主は僕を見るなり、嬉《うれ》しそうに声を上げた。

「姐《あね》ということにしようと思ったけれど、妹でも良さそうね。でもこれならきっとみんな、貴女が翠麗だなんて思わないわ」

すごいわね！　と彼女はやや興奮気味に僕の変装を褒めてくれたけれど、僕としては逆に不安になってきてしまった。

彼女たちに僕の正体が、翠麗ではなく弟の玉蘭《ぎょくらん》だとばれやしないだろうか……。

一抹の不安を覚えないと言えば嘘になるけれど、だからといって弱気ではいられない。

僕は覚悟を決めて――というよりは、開き直ったように太華公主の妹を演じることにした。

それにこんな状況なのに、不謹慎かもしれないけれど、僕は太華公主と一緒に居られるのが嬉しかったのだ。

きっと彼女はそう遠くなく、楊《よう》家に嫁いでしまう人だ。降嫁してしまったら、もう気兼ねなく合うわけに行かなくなるだろう。

そもそも僕は役目を終えたら、後宮を去って『玉蘭』に戻るのだ。

男に戻ってしまった僕はもう、彼女の『友人』ではないだろう。

気を抜くと、そんなごちゃごちゃした色々な感情が襲いかかってくるので、僕は努めて自分を律した――というよりは、考えないようにした。

それよりも今は姐《ねえ》さんの事だ。


李林甫様とは途中で別れ、公主と二人で僕らは長安の東南に位置する曲江池へ向かった。

曲江池は人工的に作られた大きな池で、紫《し》雲楼《うんろう》、芙《ふ》蓉園《ようえん》等が隣接する皇帝の庭園だ。前漢《ぜんかん》の武帝《ぶてい》が作ったものを、更に玄宗《げんそう》様が手を加えた場所で、大きな宴《うたげ》は主にこちらで行われる。

さすがに公主のふりは大それたことだし、しかも僕は男なのだ。

太華公主と一緒だとはいえ不安でたまらなかったが、幸い誰も僕を疑うことはなく、すんなりと門をくぐる事が出来た。

まずは第一関門突破だ。

ふーっと思わず安堵《あんど》の息を吐くと、緊張している僕に公主が「大丈夫よ」と優しく言ってくれた。

「でも貴女《あなた》がそうやって不安がるんじゃないかと思って、いい人を呼んであるわ」

そう言って彼女は僕を誘った。なんだろうと思いながら、彼女を追って池の畔《ほとり》に行くと、見覚えのない女官と宦官《かんがん》に付き添われるようにして、女官と腰の辺りまで布を被《かぶ》った女性が――。

「ドゥドゥさん……？」

「なんと、まるで童《わらわ》じゃな」

呆《あき》れたと言うよりは、優しい声が布の奥から返ってきた――ああ、まさしく彼女だ、ドゥドゥさんだ。

「貴女一人では不安かと思って」

私だけでいるよりも、信頼できる協力者がいた方が良いでしょう？　と太華公主が言った。

この前の宴でも毒騒ぎがあったのだし、自分の友人として宴に同席させて欲しいと、公主様が陛下にお願いしてくださったらしい。

僕はやや早足にドゥドゥさんに歩み寄った。

吐谷渾《とよくこん》の女性達が身につけるような、体を覆う大きな布の中、前が見えるように開かれた薄紗《はくさ》越しに覗《のぞ》くのは目元だけだったけれど、澄ました彼女のあの夕陽色の双眸《そうぼう》が、僕を見ている。

「それに、まだ日の光が残る時間なのを理由に、彼女にはまた布を被って貰《もら》ったの——隠れるのに上手《うま》く使えるんじゃないかって思って」

後ろの方は、そっと囁《ささや》くように公主が言った。確かに着ているもの等を交換する際は、被り物がある方が安心だ。

「名案です。ありがとうございます」

どこまでも頼もしい公主に頭を下げると、彼女はにっと笑った。

「ドゥドゥさんも、ありがとうございます」

「そんなことより、兄上はどうじゃったのだ」

わざわざ来てくれたドゥドゥさんにもお礼を言ったのだが、彼女はそれよりも心配そうに僕に問うた。

「大丈夫です。お陰で間に合いました」

「本当か」

「はい。元々強い方ですから、昼には話が出来るほどに」

「それは良かった」

ほ、っとドゥドゥさんが安堵の息を漏らした。

「……本当に、良かった」

ドゥドゥさんはもう一度噛《か》みしめるように呟《つぶや》いた。普段は毒のことで哂《わら》う彼女だが、自分の知識が悪用され、人を殺《あや》めることになるのは、本当に耐えがたいことなのだろう。

彼女はあくまでも毒から人を守る妃《きさき》なのだ。

「貴女のお陰です、ドゥドゥさん」

「なに。そなたが賢明だったのじゃ」

「いいえ、貴女が――」

「もう！　お互いに褒めあいっこはいい加減にして……それに誰のお陰だと思ってるの？」

隣で僕らを見ていた公主が、ずずいっと僕らの間に割り込むように入ってきて、拗《す》ねたように言った。

「勿論太華公主様には、心より感謝しております！」

僕が慌てて頭《こうべ》を垂れると、公主は「そうでしょう？」と誇らしげに鼻を鳴らした。

「でも本当に、おしゃべりはそのくらいにして、早く行きましょう？」

確かに公主様の言うとおり、ここで話をしている場合じゃない。女官達を残し、僕らは三人で翠麗を捜しに向かった。

「困ったわ。偽翠麗の姿がないわね」

けれど捜し始めて数分、太華公主が呟いた。確かに目に付く場所に姐さんの姿はない。

ドゥドゥさんの話では、今日の宴に出席している妃嬪は彼女以外、四夫人だけらしい。正確には貴妃、麗妃、華妃の三人だが。

楊貴妃様はまた陛下のおそばにあるだろう。

梅《ばい》麗妃はどうしているのかと思ったが、先ほど翠麗の舞に合わせて、七絃琴《しちげんきん》を弾いていたそうだ。

その後はまたあの意地悪な女官と一緒だったというから、もしかしたらさっさと後宮に戻ってしまったのかもしれない。

翠麗も一緒かもしれないが、姐さんだって再び入れ替わるとしたら、今が好機と考えるはずだ。

きっとどこかで僕を待っていると思うのだけれど……。

「高力士《こうりきし》だったら知っていそうだけれど、うーん、迂闊《うかつ》にお父様の近くには行きたくないし……」

「それは……確かに」

叔父《おじ》上は陛下のお側からあまり離れられないし、そもそも今は叔父上と話をしたくない。

「まぁ……あちらもあまり目立たないようにしているという事じゃろう。人気のない所を捜せば良かろう」

ドゥドゥさんが被り物の奥から言った。

「それはそうよね。あとは思い出の場所とか――どこか思い当たる場所は？　翠麗」

「いいえ……」

……と僕は困惑した。

後宮育ちの公主様とは違い、公的な場所での思い出なんて、そうそうないですよ……。

あと考えられるのは……。

思わず腕組みをして首を捻《ひね》って――そして、髪に挿した簪《かんざし》がしゃらりと揺れる音ではっとした。

「……あ」

「何か思い出したかえ？」

「ええ、あの……今の時期に、赤い花が咲いている所はあるでしょうか？」

公主はうーん、と少し首を傾げてから、

「芙蓉《ふよう》の季節ではないけれど……確か芙蓉園の一角で、玫瑰花《そうび》が咲いていたんじゃなかったかしら。たくさんではないかもしれないけれど、玫瑰花なら赤い花もあるでしよう」

「秋にも少し咲くのよ」と、曲江池に隣合う芙蓉園の方を彼女が指さした。

確かに玫瑰花の蕾《つぼみ》は『秘密』という意味だ。

姐《ねえ》さんが僕を待つとしたら、きっとそこだろう。

姐さんと話すと思うと、急に緊張した。

深呼吸を一つすると、秋の始まりを感じさせる空気はカラっとしていて、鼻の奥が痛んだ。

十一

芙蓉園は曲江池の隣にある離宮だ。

その名の通り、その周りにはたくさんの花が植えられている。

その花の中に、確か赤い玫瑰花が、秋にも咲いていたと思う……という公主の記憶を頼りに、芙蓉園へと足を向けた時だった。

「太華《たいか》公主！」

一人の青年が公主に声をかけてきた。

振り返った先に居たのは、彼女と婚姻を結ぶ予定の武人・楊錡《ようき》氏で、先日の馬球大会で落馬した時の怪我の調子も随分良さそうだ。

よほど公主に会えたのが嬉《うれ》しいようで、彼は紅潮した頬で僕を見たので、僕は慌てて拝した。顔を見られるのが嫌だったからだ。

「そちらはどなたですか？」

「妹の槐華《かいか》公主よ……お母様は違うけれど仲が良いの」

淀《よど》みなく答えながらも、未来の夫になる人をこんな風に欺くのは、さすがに躊躇《ためら》いがあるのだろう。公主はちょっと眉間《みけん》に皺《しわ》を寄せて答えていた。

「姉妹で仲が良いのは良いことですね」

対照的に、優しげに笑う楊錡氏を目の前にして、僕はちり、と胸が痛んだ。僕だってこの人を騙《だま》したいわけじゃない。嫌いなわけじゃないんだ。

「あの……お姐さまはどうぞ、楊錡さまとお話しになって」

「え？」

「せっかくお会いになられたんですもの、お邪魔をしたくはありません。だってわたし達はいつでもおしゃべりできるでしょ？　わたし、あちらでドゥドゥさんとお花を愛《め》でてきますから」

せっかく幼く見えるのだから、絶対に華妃とは気づかれないように、少しだけ子供臭い口調で言って見せると、公主は心配そうに「大丈夫？」と聞いてきた。

「ええ、ここまで来たら大丈夫。何かあったらすぐに戻ってくるから」

努めて笑顔で答えると、彼女は少し悩みつつも、「じゃあ、少しだけね」と言った。

「本当に少しだけよ。探しているお花が見つからなかったら、すぐに戻ってらっしゃいね？」

「はい、お姐さま」

まるで本当の姐《あね》のように、彼女は僕の手をぎゅっと握って言った。

そんな彼女から、笑顔で離れて手を振り、芙蓉園へ向かう。

「確かに……公主が一緒だと、都合が悪かったであろう」

「ええ、まぁ……」

確かにドゥドゥさんの言うとおりだった。楊錡氏は本当に良い所に来てくれた。

でも二人が楽しく談笑していると思うと、なぜだか胸がずきんと痛む。だけど今はそんな事言ってる場合じゃない。姐さんのことだ。

僕はドゥドゥさんの手を握り、少し早足で歩いた。彼女はぎゅっと、少し冷たい指先で僕の手を強く握り返してくる。

こんな被り物をしている上に、あまり視力の良くない彼女だ。怖いのかもしれない。

「すみません。一緒に来て貰《もら》ってしまって」

「気にするな。厭《いや》なら来ておらぬ」

「だったら良いのですが」

「それにしても……毒なき華の君が来て、吾《われ》の世界は変わったのぅ」

歩きながら、ドゥドゥさんがぽつりと呟《つぶや》いた。

「そうですか？」

「華清宮も、曲江池に来たのも初めてじゃ。星の見えぬ吾に、夜空の星の事を教えてくれたのも、そなたが初めてじゃった」

その時微《かす》かに、ドゥドゥさんが笑った気がした。

普段、毒の事にだけ咲《わら》う毒妃が。

「…………」

それは特別な笑顔だったのか、それとも僕らの関係の中に毒が紛れているというのだろうか？

前者なら嬉しいと思った。

ドゥドゥさんだけは、ずっと僕を誰かの代わりにしない人だから。

「……だったら、後宮にいる間は、もっと色々な事をしましょうよ。馬に乗ったことは？」

「馬はないのぅ。羊よりも大きいのじゃ、そなたは乗れるのかえ？」

「実は僕も一人でちゃんと馬に乗ったことは――」

そんな他愛のない会話をしながら歩いていた僕の鼻腔《びこう》を、嗅《か》ぎ慣れた香りがくすぐった。

夜に咲く花の香り。

それは間違いなく月下美人の花の香りで、僕の心臓が激しく脈打った。

風が香りを伝えてくれる方に向かう。

乾いた風に乗るこの馨《かお》りを、僕が違《たが》えることはない。

そうだ――。

「……姐さん」

そうして、赤い小さな玫瑰花が咲く場所に、確かに翠麗《すいれい》姐さんの姿があった。

風で微かに揺れる後れ毛が、日の傾きはじめた空の下で、きらりと金色に光って見えた。

僕によく似ている人だと思っているけれど、こうやって改めて『華妃』として立つ翠麗は、僕の知っているあの頑固でお転婆で優しい人ではなくて、どこまでも楚々《そそ》として綺麗《きれい》で、まるで月の女神――嫦娥《じょうが》様のよう。

自分に似ているというのがおこがましいくらいだ。

その美しい人は、僕に振り返って微笑んだ――と、その刹那《せつな》、僕の首筋に冷たい金属の感触があった。

「ひっ⁉」

「いいのです、李《り》猪児《ちょじ》。離しなさい」

鋭く姐さんが言うと同時に絶牙《ぜつが》が動いて、僕の首筋に当てられた短剣を払った。

「あ……」

その手に一瞬赤い物が見えて、僕は総毛立つ。本当に刃のある剣だ。絶牙が普段持ち歩いている、刃を丸めたものではない。

「なーんだ、小翠麗様じゃないですか」

妙にのんきで、聞き覚えのある声が背後からして、短剣が下げられた。

「え……？」

怒ったように顔を顰《しか》めた絶牙が、僕の背後の人影を抱えるように邪魔をした。それは間違いなく耀庭《ようてい》で、僕はますます混乱した。

そんな僕の頬にあたたかい掌《てのひら》が伸び、優しく撫《な》で、離れた。

「貴方《あなた》ならきっと来てくれるって思ってたわ」

「そりゃ……姐《ねえ》さんの考えることなら大体は……」

「そう？」

「……いいや、そうでもない」

思わず顔を顰めると、結局何が何だかわかっていない、今の状況も。

姐さんの横には怒っている様子の絶牙と、そして耀庭が対照的に面白そうな表情で立っている。

姐さんは寂しげに視線を落とした。

「僕は姐さんに聞きたいことがたくさんあるんだ」

低い声で絞り出すと、彼女は静かに頷《うなず》いて、逆に僕に「……黄滉《おうこう》は？」と聞いた。

「本当に大丈夫なの？　一時は――そう、本当に危険な状態だったと聞いたわ」

「無事ですよ！　なんとか。僕とドゥドゥさんで助けたんですから！」

いけしゃあしゃあと聞く姐さんに、苛立《いらだ》ちがこみ上げる。

「白虎歴節風《痛風》の薬なのよ。ただ場合によっては危険だから、あれほどしっかり量を守るように言ったのに……」

姐さんが微かに眉間に皺を寄せて溜息《ためいき》を洩《も》らした。

「え？」

思わず隣に居たドゥドゥさんを見ると、彼女は「むぅ」と小さく唸《うな》った。

「それは……確かじゃ」

だったら、姐さんは兄さんのために、秋水仙を渡したというのだろうか？

「で、でも、姐さんは梅麗妃と雨林《うりん》さんの話を聞いたはずです……その毒が人を殺《あや》めるほど怖い物だって事も！」

「理由は二つよ。一つは本当に白虎歴節風に効くのか試したかった。安禄山《あんろくざん》が痛がっているから。もう一つは黄滉は虢国《かくこく》夫人と内通しているの……いえ、都合良く利用されていたという方が正しいわね。黄滉が今入れ込んでいる胡姫《こき》は、彼女の間諜《かんちょう》なのよ」

「だからって兄さんが死んでも良いと⁉」

「そうじゃないわ、逆よ……わたし達が何か言ったところで、簡単に聞いてくれる人じゃないから、少しでも恩を売りたかったのよ。あの人は良くも悪くも単純だから、優しくすれば優しくしてくれる筈《はず》だと思って……」

「それは……」

姐さんが泣きそうな顔で反論した。

確かに黄滉兄さんは、そういう人の良いところがあるかもしれない。

現に兄さんを助けに駆けつけた僕に、兄さんはいつもより優しかった気がする。

「白虎歴節風は本当に痛いそうなのよ。多少の怪我なんてものともしない安禄山ですら、白虎歴節風だけは痛い痛いと言っているの。だったら黄滉も楽になれば、きっとわたし達の話に耳を傾けてくれると思ったの」

確かに白虎歴節風という病は、発症すると風が吹くだけで耐えがたい痛みを感じるほどに辛《つら》いと聞いた事はあるけれど……。

「きっと彼も痛すぎて、わたしが言った量よりもたくさん薬を使ってしまったんでしょう……でも、そうなる事を、もっと考えるべきだったの。わたしのせいだわ」

姐さんは苦々しい表情で言った。

僕は再びドゥドゥさんを見た。彼女の目は険しく細められている。

「じゃあ……本当に、兄さんに毒を使った訳じゃないんだね」

「ええ。だけど倒れたと聞いてぞっとした。でもきっと貴方が気が付いて、黄滉を救ってくれるって、そう信じてた」

そうして姐さんが秘密裏に使いをやった所、僕が後宮を抜け出していると知った姐さんは、更には陛下が予定より早くお帰りになると聞いて、慌てて後宮に戻ってきたのだと言った。

「間に合って良かったわ……ありがとう、玉蘭《ぎょくらん》。ドゥドゥも」

確かに間に合った。兄さんの事も、入れ替わりのことも。

「…………」

だけど僕は素直に『良かった』とは言えなかったし、ドゥドゥさんも口を結んだままだった。

「それで……黄滉兄さんは、その間者の胡姫に何を探られているの？」

半信半疑のまま問うた。

「『わたし』の事を」

姐さんは静かに答えた。そよ風に紛れるくらいのささやき声で。だけど十分その唇の動きから意味がわかった。

「貴妃を皇后にする為に、今、一番後宮で障害になっているのは『華妃《わたし》』よ。毒妃と二人、陛下の覚えがめでたいでしょう?」

「そんな……」

このところ、二人で事件を解決し、陛下に気に入られていることを、虢国夫人は心配しているらしい。

後宮内に間諜は何人も居るけれど、姐さんのことがあって、僕の部屋は今あまり人を増やしていない。

なかなか近づけないのに業を煮やして、だったら外側から……と黄滉兄さんに近づいたと、そういう事だ。

「貴方を救うため、わたしを救うためには、黄滉には彼女から離れて貰《もら》わなきゃいけなかったの。虢国夫人は抜け目ないわ。入れ替わりのことがバレてしまうかもしれないし、それだけではなく、彼女は夫を毒殺したという噂がある人よ。手段は選ばない……」

そこまで言って、姐さんは「それに」と呟《つぶや》き、息を吐いた。

「あの人は……玉環《ぎょくかん》の事も監視してるわ。玉環が自分に逆らえないように。思い通りになるように。邪悪な人よ……だからもし万が一、貴方に何かあったら、と……」

不安げに言った翠麗の手が微《かす》かに震えていた。

玉環――つまり楊《よう》貴妃様の事すら、虢国夫人は利用しているというのだろう。

「でも……やっぱりそれは間違いだったわ。わたし、焦って……貴方を守らなきゃって思って。だからって最善とは言えない方法だった。一歩間違ったら、大変なことになる所だったのに……」

姐さんの顔はひっそりと青く、嘘を言っているようには見えない。恐怖と後悔の滲《にじ》んだ瞳《ひとみ》には、うっすら涙が光っているようにも見えた。

それを見て、とうとうドゥドゥさんも溜息を一つ洩らした。

「先に吾《われ》に問うてくれたら良かったのに……類《たぐい》なき華の君」

「これ以上貴女を巻き込んではいけないと思ったの。だけどわたしは愚かね。結局貴女達が助けてくれなかったら……黄滉は今頃……」

そっと顔を覆って姐さんが俯《うつむ》いてしまったので、僕もドゥドゥさんも何も言えなくなってしまった。

いつも朗らかで強い姐さんが、こんなに憔悴《しょうすい》している様を見てしまって、どうしてもっと責めることができるだろうか。

とはいえ、このままこれで終わりというわけにはいかない。

「そもそも……ずっとどこにいっていたんですか？」

僕はその答えを殆《ほとん》ど知りながらも、それでも確認せずには居られなかった。

「逃げたりしなかったら、今だってこんな事にはならなかったと思います」

その質問に、翠麗は更に言いにくそうに唇を横に結んだ。

「場所が言えないなら、せめて理由だけでも――」

「『友人』の子供を捜しているの」

覚悟を決めたように姐さんが顔を上げていった。

「……え？」

「理由があって、彼女はどうしてもその子を手放さなければならなかった……そうでなければ、その子は殺されてしまうから。だけどそれをずっと悔いているわ。その子が安全であるとわからなければ、彼女は身動きすら取れないのよ」

「だからってどうして――」

「その子供のことはわたししか知らないから。そして――わたしには小翠麗、貴方《あなた》がいるからよ」

きっぱりと言って姐《ねえ》さんが僕を見た。僕より少しだけ明るい色の瞳で。

「きっと貴方は、わたしを助けてくれるって信じていたから」

「だったらどうして事前に話してくれなかったんですか!? 僕は——僕ならきっと、反対はしなかった……」

多分、という言葉は呑《の》み込んだ。一瞬自分の胸を過《よぎ》った弱気を形にしたくなかったから。

「急なことだったの。逃げられると思ったタイミングが、麗人行のあの時一瞬だけだったの」

「………」

確かに人が大勢一気に動く時ならば、気をつけていてもどこかしら一瞬の隙はあるだろう。その隙を姐さんは見逃さなかったと言うことか。

「だからって……」

「貴方のことを想わない日はないわ、玉蘭。罪悪感、不安……今頃泣いていないかしらって、いつも考えているわ」

「そんな、毎日泣いているような言い方をしないでくださいよ」

思わず言い返すと、ドゥドゥさんと耀庭がふ、と笑うように鼻を鳴らした。

いや、だってそんな……さすがに毎日泣いてなんていないし……本当に。

「泣いて解決しない事があるっていうのは、僕だってもうわかってます。姐さんが思うほど、僕はもう子供じゃないし……姐さんを守ろうって、僕だって……」

でもそれ以上は何も言えなくなった。

姐さんが僕をぎゅっと抱きしめたからだ。

しがみつくように強く。

「ごめんね、玉蘭」

掠《かす》れた声が耳に届いた。

月下美人の香りと、姐さんのぬくもりを感じて、数秒前の自分はどこへやら、あっさり涙腺《るいせん》が緩んでしまった。

だって、やっぱり嬉《うれ》しかったのだ。ほっとしたのだ。こうやって姐さんに会えたことが。

「いいんだ。ただ姐さんが……無事で良かった」

言葉にしたらもう駄目で、僕の両目から涙が溢《あふ》れると、姐さんも声を殺して泣いているようだった。

僕は姐さんを抱きしめ返した。その体は昔よりも小さく、華奢《きゃしゃ》に感じる。

姐さんは大丈夫だと言ってはいたけれど、実際本当にそうなのか確信はなかったし、もしかしたら怪我をしたり、酷《ひど》い目に遭っているかもしれないとか、何度も心配したし、姐さんを失う夢も見た。

だけど本当に無事で良かった。

そして姐さんも、本当に僕を案じてくれていたのだろう。

信用できる協力者が一緒とはいえ、後宮の妃嬪《ひひん》に男の僕が化けているのだ。一歩間違えば首を刎《は》ねられてもおかしくないんだ。

それでもこうやって姐さんの身代わりになろうと思う僕の、この気持ちが何なのか？　なんて事はどうでもいいと思った。

なんであろうと、姐さんが大切な人だってことに変わりないんだから。

大好きな人の温《ぬく》もりを、僕はそれでも自分から解いた。僕はもう幼子ではないから。

「……まだ、その『子供』は見つかっていないのですか？」

「ええ……」

姐さんが悔しげに頷《うなず》いた。

「だったら今のうちに服を換えましょう」

僕からそう切り出すと、姐さんは顔をくしゃっとさせた。

「ごめんね……。この先どんな時代になって、何が待ち受けていようと、わたしは臆《おく》さない。受け入れるわ。だけどこの事だけは……彼女の大切なものだけは守りたいの。人生で、わがままはこれで最後にするから」

「いいよ。それに僕もわかったんだ、姐さんが後宮でどれだけ色々な事に耐えてくれていたのか。少しでもその重荷を一緒に背負えるなら、僕はなんだってするよ」

それに、自分の事ではなく、『友人の子』の為に奔走するのは、姐さんらしいじゃないか。

姐さんはずっと僕に優しかった。

僕だけじゃなく、昔から子供が好きなのだ。

だけど陛下は今、姐さんの札を引いてはくれない。多分、この先もきっと。

きっとその子供の母親は、後宮で暮らす女性の誰かだ。

姐さんしか知らない、内密にしなければならない話というならば、それはおそらく妃嬪だろう。

後宮という、陛下のための国の子宮では存在の許されない、可哀想な母親と、可哀想な子供なのだ。

この数ヶ月、後宮で寂しい女性達の姿を何人も見た。あそこは悲しい場所だ。

危険を冒してでも、友人を救いたい姐さんの気持ちは痛いほどわかる。

ただ嘆くだけなのも、悲しむのも、目をそらして見ないふりをするのも辛《つら》い。心が血を流すから。何もしないままでいられないのは、本当に姐さんらしいじゃないか。

「早く。人が来る前に」

そう周囲を窺《うかが》いながら言うと、姐さんは頷いた。

さすがに全ては変えられない。でもほんの少し飾りを変えたりするだけで、着ているものの印象が変わるっていうのは、僕も姐さんも茴香《ういか》に嫌というほど聞かされているのだ。

ささっと披帛《ひはく》や帯、飾り石や靴を換える。

耀庭と絶牙の協力もあって、僕らは再び立場を交換した。

本当におかしな話だ。一日でも早く元に戻りたいと思っていたのに、今度は僕は自分の意志で『後宮の華妃』になる。

「……こうやって見ると、本当に不思議ね」

着替えを終えた姐さんが、髪を解《ほど》きながら僕を見てふふ、と笑った。

「そうだけど、だから入れ替われるんじゃないですか」

「そうね、でも本当に鏡を見ているみたいなんだもの」

姐さんはそう言って嬉しそうに笑っているけれど、僕から見るとやはり姐さんは姐さんで、姐さんに比べると僕は僕だ。こんな風に美しい人ではない。

だからこそ、僕は頑張らなきゃいけない。この後宮を、皇帝を、国を全部瞞《だま》すために。

「絶牙、り……いいえ、今は『耀庭』だったわね。二人とも翠麗をお願いします」

姐さんはそう絶牙と耀庭に言った。

「御意にて」

二人が恭しく姐《ねえ》さんに頭を下げる。

「何かあれば、この子に託して。『李猪児』宛てに書いてくれたら良いわ」

「じゃあやっぱり『耀庭』は――」

元々、李猪児の親戚《しんせき》筋と聞いてはいたけれど……。

でも詳しく話を聞くのは後だ。

入れ替わったなら、姐さんの長居は無用だろう。早くここから離れた方がいい。

「もう行って、姐さん」

「ええ」

姐さんの瞳《ひとみ》に映る僕は――ああ、それでもちゃんと『華妃』だ。大丈夫、もうしばらくはこのまま姐さんを演じられる。

姐さんは頷いて――けれどそれでも名残惜しそうに、もう一度僕を抱きしめた。

ゆっくり体を離すと、僕らはどちらからともなく、窓越しにふれあうように互いの掌《てのひら》と額を合わせた。

「あなただけがわたしの味方よ。わたしの希望」

「離れていても、わたくしたちの心は一つです」

「忘れないで。いつだってわたしたちは、わたしたちの正しいと思う事をするのよ。

お互いを信じるの」

「──どうか、無事で──」

髪一筋ほどの狂いもなく互いに声をかけると、まるで魂を二つに引き離すように、僕らは手を離した。

翠麗姐さんの姿は、あっというまに人混みに消えていった。

本当に体が半分無くなってしまったように寂しい。

空の色が朱金から紺へ近づいているせいか、僕は急に寒さを覚えた。

「さむ……」

思わず呟《つぶや》くと、慌てて絶牙と耀庭が、僕の体に上着を掛けようとした。

「あ、いえ、そこまでしてくれなくても……」

「駄目ですよ、これで病気になったりしたら、大変じゃありませんか」

耀庭が言った。さっき僕の首を切ろうとしたくせに。

とはいえ、彼が姐さんを守ろうとしてくれたのはわかる。

何から話を聞くべきか……ふう、と深呼吸を一つする。

「えっと、すみません。それより髪を結って貰《もら》えますか？　このままだとちょっと」

「ああ、はい。勿論《もちろん》です。それはすぐに」

簡単にしか結えませんけど、と前置きをしながらも、耀庭が言ってくれたので、僕は彼が髪を結いやすいように、地面に座ろうとした。

その時、胸の辺りを引っ張られるような、違和感があった。

「…………？」

何だろうと体を確認すると、いつの間にか襦裙《じゅくん》の胸の横辺りに、見覚えのない、小さな黄色い小袋が忍ばされていた。

「どうしたのじゃ？」

「いえ……なんでしょうこれ……」

いつの間に？　と思いながら、袋を振ってみると、しゃらしゃら乾いた音がした。上から触ってみると、どうやら何か小さな平べったいものがいくつか入っているらしい。

小銭でもなさそうだし……と思いながら袋を開けると、中には平たい乾燥した種のような物が入っていた。潰《つぶ》れた豆のように平たく、特に真ん中が凹《へこ》んでいて、艶《つや》やかな灰色の種だ。

「なんでしょう、これは。変な形の……何かの花の種でしょうか？」

そう言って何気なくドゥドゥさんに見せる――と、彼女の目が急に険しくなった。

「な……どういう事じゃ!?」

「え？」

「なんということ……それは馬銭《まちん》ではないか！」

「まちん？」

聞き慣れない単語を繰り返すと、更にドゥドゥさんの瞳が怒りに歪《ゆが》んだ。

「毒じゃ！　吾《われ》らは華妃に欺かれたのじゃ！」

十二

ドゥドゥさんはいつも毒を見て咲《わら》う。

それを知れば知るほど、触れれば触れるほど嬉《うれ》しいのだというように。

だから彼女が毒を前にして、こんな風に激昂《げきこう》するとは思わなかった。

「なんてこと言うんですか！　翠麗《すいれい》様の物とは限らないですよ！」

驚いている僕の代わりに、耀庭《ようてい》が反論した。

「わ、わたくしの物でもないです……」

もし僕の物だとしたら、こんな風に見せたりしないでそのまま隠しておくだろう。

「では華妃の物でなければ、何故そこに入っているのじゃ？」

「それはそうですけど……翠麗様だって、もしかしたらどこかで拾われただけかもしれない」

「西域より渡ってきた毒じゃ。容易に手に入る物ではない」

秋水仙よりは手に入れやすいだろうが、けっして坊間《まち》に溢《あふ》れているような毒ではないと言いながら、ドゥドゥさんは被《かぶ》り物を取った。

気が付けば空はもう随分暗い。

「もしかしたら、何かを知らせようとしているのかもしれません」

誰かがこの毒を使うと、姐さんが警告してくれているのかも。

「ならば口でそう言えば良いではないか？」

「それは……」

「犯人がうっかり落とした物を、翠麗様が拾われただけかもしれないですよ？　普通は見ただけじゃ毒ってわからないじゃないですか」

耀庭がなおも食い下がったけれど、ドゥドゥさんはふん、と鼻を鳴らした。

「わざわざ異国より仕入れた稀少な毒を、『うっかり』で落としたりなどするものか。良いか？　毒を使うというのは、使わなければならない状況にあるのじゃ。すなわち直接手を下せない、己を隠さなければならない状況じゃ。そんな慎重さが必要な状況で、うっかり毒を落とす阿呆《あほう》などおらぬわ！」

「…………」

ぴしゃりとぶつけられた意見があまりにもっともすぎて、僕と耀庭は顔を見合わせた。

「そもそもそなたらは信用できぬ。二人とも類《たぐい》なき華の君の宦官《かんがん》であろう？」

ドゥドゥさんが絶牙《ぜつが》と耀庭を睨《にら》んだ。

「ぼ、僕は違いますよ！　今はちょっとお手伝いしてるだけで——」

耀庭が慌てて言った。反論する言葉を持たない絶牙は、表情もなく立っているだけだ。

「耀庭、絶牙……貴方《あなた》達は本当に何も知らないのですか？」

僕は改めて二人に問うた。

「ほ、本当ですよ！」

耀庭が青い顔でこくこくと頷《うなず》き、その横で絶牙は静かに頭を下げる。

「そうですか。わかりました」

正直絶牙は肯定したのか、それとも否定だったのかはわからなかったけれど。それでも僕は二人を信じることにした。

「まさか、信じるのかえ？」

「疑っても仕方がないでしょう。問いただしたところで、姐上《あねうえ》への忠節が真《まこと》であれば、本当の事など言ってはくれないでしょう」

結局はそうだ——兄さんが言っていた。忠節は善悪ではないと。

桜雪《おうせつ》と茴香《ういか》も、華清宮で僕のために毒見をしてくれていた。毒を盛られるかもしれないと知りながらも。それは他でもなく二人の忠義によるものだ。

姐《ねえ》さんの近侍は、姐さんの為なら命を差し出すことも厭《いと》わないのだ。そんな彼らなら、僕達に嘘をつくことなど造作も無いだろう。

「だからといって、また誰かを信じられずに、臆病《おくびょう》になるのは嫌ですから」

華清宮で疑心暗鬼に囚《とら》われた僕は、ただ泣いて帰りたいと言うだけだった。

でも今はもう違う。僕は仕方なく姐さんのふりをしているんじゃない。自分の意志でここに居る。

ぐずぐず泣いて立ち止まるくらいなら、騙《だま》される方がいくらかましというものだ。

「それに、まだこの毒が実際に誰かに使われたとは決まっていません」

「それは確かにそうじゃな……幸い秋水仙とは違いこの毒はすぐに効果が出る。使われたのであれば、程なく苦しむ者が見つかるであろう」

ドゥドゥさんが目を細めて言った。僕を軽蔑《けいべつ》しているのかもしれないし、呆《あき》れているのかもしれないけれど。

「……強い毒なのですか」

「そうじゃな。猛毒じゃ。これは容易《たやす》く命を奪う毒じゃ」

姐さんがこの毒を使ったのかどうかはわからない。とはいえ実際にこの毒が存在していると言うことは、毒を飲まされた人がいる可能性がある。

「……耀庭、急いで髪をお願いします」

「は、はい」

「陛下のところに参りましょう。苦しがっている人を探さなければなりませんし、毒は本来弱い者が強い相手を害するものなのでしょう？」

「そうじゃな」

「だとするならば、毒に倒れる者は、より陛下に近いはずです」

簡単に髪を整えて貰うだけで、不思議と心が静まっていった。焦ったり、疑ったり、不安がったり、動揺している場合じゃないのだ。

皇帝は龍《りゅう》。

この国で最も尊いお方だ。

そのお方が毒に倒れるような事があったら一大事。お毒見だっている。

陛下の御身は大切に守られているだろうが――その周囲までは完全とは言えないだろう。

例えば四夫人――陛下の寵愛《ちょうあい》を一身に受けている貴妃様を、憎む人は少なくない。

ろうが。
尤《もっと》も、そんな事は陛下だって百も承知だろうから、誰よりも大切に守られているだ
ない。
だからもしかしたら、狙われているのは李林甫《りりんぽ》様のような宰相や、叔父上《おじ》かもしれ
とにかく普通には手出し出来ない相手だ。
「離宮に急ぎましょう、ドゥドゥさん。たとえ誰の仕業であっても、わたくしたちが
すべきことは変わらない筈《はず》です」
「そうじゃな……絶対に、毒を使う者の好きにはさせぬ」

十三

陛下のおわす紫雲楼は大変立派な建物で、陛下は宴の際はここから下を見下ろして、
歌や踊りを楽しまれる。
辺りの美しい景色を一望できるその離宮で、陛下は貴妃様と梅《ばい》麗妃や、客人達とお
酒と楽器を楽しまれているところだった。
「華妃様？」
先に僕に気が付いたのは叔父上だった。

「陛下、お楽しみの所申し訳ございません。ですが、至急お耳に入れたいことが」

叔父上に問われる前に、僕は陛下の前に跪《ひざまず》いた。

「どうしたのじゃ？　顔を上げよ」

「……………」

まずはお許しを頂けたことにほっとしたが、陛下は僕の顔を見てすぐさま眉《まゆ》を顰《ひそ》めた。

「どうした？　そなた顔が真っ青ではないか」

自分ではそんな自覚はなかったけれど、確かにずっと体の奥が冷たく凍り付いているように寒い。指先が不安で酷《ひど》く冷たい。

「それが……」

「毒妃が一緒か……何があった」

青い顔の僕が説明するよりも早く、僕の後ろに控えたドゥドゥさんに気が付いて、更に陛下の表情が強《こわ》ばる。

「芙蓉園を歩いておりましたところ、このような物が」

僕は懐から、あの黄色い小袋を取り出した。中の毒は、ドゥドゥさんが用心のために懐にしまってくれたので、残っているのは一粒だけ。

「これは？」

それを手に取り、陛下が怪訝《けげん》そうに問う。

「馬銭という植物の種子……猛毒にございます」

「なんと……！」

僕の言葉を聞いて、同席していた人達が一斉にざわつき、慌てて叔父上が陛下の手から毒を取り上げた。

すかさず梅麗妃が、手早く陛下の手を水で洗う。

「誰の物かはわからぬのか」

「ざ、残念ながら……」

『姐さんの物かもしれません』だなんて、そんなことは言えるはずがないので、僕は再び頭を下げた。表情から陛下に嘘を悟られたくなかったから。

「倒れた者は？」

「この毒が実際使われたかどうかもわからないのです。とはいえ西域の珍しい毒なのだそうです。ですから心配で……」

わざわざ取り寄せている物が、不要な物であるはずはない。陛下も唸《うな》った。

「これなる毒は馬銭。臭いはありませぬが、非常に苦い毒です。水に溶けにくく、酒などに仕込むのは簡単ではありませぬ。故に粉にして、塩等に混ぜることが多いのです」

「塩か」

「塩の形であれば、誰でも隠し持ちやすく、酒宴の席であれば食べさせることも難しくはありませぬ。元々塩によっては苦みもありまするゆえ。そして毒の効き目は速やかに小半刻《こはんとき》（※約三十分）には現れまする」

「なんということだ……そなた達は無事か？　苦しいところはないか⁉」

陛下は低く呻《うめ》いて、そしてすぐに貴妃様だけでなく、僕と梅麗妃を案じてくださった。

「そうですわ。陛下と貴妃様はご無事ですか？　梅麗妃様は？」

僕と陛下から問われ、妃嬪《ひひん》の二人は不安げに、それでも「変わりありません」と頷《うなず》いた。

「今のところは無事じゃ。華妃、そなたは？」

「わたくしも特には」

陛下はうむ、と頷き、叔父の高力士《こうりきし》様を見た。

「将軍、急いで一度皆に飲み食いを避けるように伝えよ。そして誰ぞ気分の優れぬ者がおらぬか調べさせるのだ」

命じられるまま叔父上は席を立ち——そしてあまり時間を置かずに、慌てるようにしてすぐに戻ってきた。

「どうした力士」

「それが……控えている貴妃様の女官が、数名倒れていると」

「そんな……」

貴妃様が口元を押さえて床に膝《ひざ》を突いた。

宴《うたげ》の席では酔って服が乱れてしまう時もあるし、必ず近侍も数人控えているものだけれど、勿論《もちろん》仕事なので、彼女たちまで酔って倒れたりするようなことはない。

「そなたはどうなのだ⁉ 本当に変わったところはないか⁉」

驚いて座り込んでしまった貴妃様を案じて、陛下が貴妃様を抱き寄せたので、ドゥドゥさんが貴妃様の手を取った。

「お手を失礼」

ドゥドゥさんはそっと貴妃様の手に己の指を這《は》わせ、目を閉じて気脈の流れをしばらく指先で読んだ。

「……どうだ？」

陛下が待ちきれないように問うた。

「今のところ、貴妃様のお体は無事のように思われます」

ドゥドゥさんが答えると、陛下は更に貴妃様をぎゅっと抱きしめた。

「私の女官達は大丈夫なのですか……？」

それでも不安そうに貴妃様が高力士様に問うた。

「それが……かなり苦しそうです。今太医《たいい》を──」

「案内せよ。この毒は、太医では救えぬ」

険しい顔でドゥドゥさんが言う。

僕らは急いで女官の控えている部屋へと向かった。

なるほど、彼女たちは明らかに普通の病とは違うようで、引きつった顔で苦しげに体を震わせている。手足も突っ張って、上手《うま》く動かせないようでもあった。

「三人だけか？」

ドゥドゥさんが女官の手を取りながら言った。

「今のところは。私はこれから他に毒を飲んだものがいないか、塩が無事か調べてくる。小翠麗《しょうすいれい》、ここは任せた」

「叔父上様もお気を付けて」

高力士様が行ってしまうと、部屋には僕達だけが残された。

絶牙《ぜつが》と耀庭《ようてい》の手を借りて、ドゥドゥさんの指示で三人を少しでも楽になるような姿勢で横たわらせた。

どうやら意識も途切れ途切れのようで、とにかくぜいぜいと息を上げ、呻いている。

女官達は年齢も背恰好《せかっこう》もばらばらだったけれど、三人とも貴妃様の部屋付きらしく黒い襦裙《じゅくん》に身を包んでいた。

それが脂汗でしめって、肌に張り付いている。相当辛《つら》いのだろう。

僕は改めて、毒というものがどれだけ異様で恐ろしいのか知った。

茴香《ういか》の時もその姿には驚いたけれど、明らかに今回は普通の病とは違う症状で、なにより本当に苦しそうだったからだ。

「やはり馬銭の症状じゃ。早馬を出して急いで叔母《おば》上に解毒のための──」

そこまで言って、ドゥドゥさんがはっとしたように口元を押さえた。

「……ドゥドゥさん？」

「炭じゃ……」

「はい？」

「そなたに与えた炭はどうした!? みな実家に置いてきたのか!?」

ドゥドゥさんが慌てて僕の腕を摑《つか》んだ。

「あ……す、すみません……でも、そもそも残りがあったかどうか……」

兄には炭を溶いた水を、一晩中少しずつ飲ませ続けたのだ。おそらくは全て使ってしまったのではないかと思う。

「馬銭には、秋水仙同様、あの炭の粉が効く。だが、手持ちの分は、ほとんどそなたに渡してしまった。とうてい三人分には足りぬ……」

「え？　そんな、じゃあ……」

悪いことは重なるのだろうか？　まさか……こんなことになるなんて。

「あの炭は特別なのだ。姥目樫を強い火で白炭にした物……吾《われ》も豊富に手に入れられる訳ではない。以前は腕の良い炭焼き職人がいたが、体を壊して店を畳んでしまったのじゃ」

ドゥドゥさんが険しい顔で声を絞りだした。とはいえ、このまま彼女たちをみすみす死なせてしまうわけには行かない。

「陛下にお頼みして、急いで長安中を探していただきましょう。生家にも人を遣わせて――」

「遅い！　それでは間に合わぬ！」

「あ……」

ドゥドゥさんの焦った声、怒りの声が僕を一蹴《いっしゅう》する。

「これが目的だったのか……？　吾が解毒出来ないように⁉」

つい大きな声を出してしまったものの、これ以上は他に聞かれないように、ドゥドゥさんは押し殺した声で続けた。

「え？」

「吾らは全て、あの『毒華』の掌《てのひら》の上だったということなのか……」

「な……っ」

毒華——それが誰を意味しているのかはすぐにわかった。

確かに姐《ねえ》さんが兄さんに毒を使ったせいで、治療の為の炭が足りないのだ。

姐さんは兄さんや安禄山《あんろくざん》の病気の治療のためだって言ってたけれど、本当はこの為だったんじゃないか？　って、僕も怖い考えが脳裏を過《よぎ》った。

でも姐さんが、そんな無情なことをするだろうか？　あの優しい翠麗が？

疑うのは容易《たやす》い。

その罪ごと忠心を捧げるのは気が楽だ。

だけど——他でもなく僕が姐さんを信じなくてどうするんだ？

「……毒華などではありません」

「華妃」

「ドゥドゥさんの炭がどれだけ残っているか、そこまで彼女にわかるものでしょうか？」

「それは確かにそうじゃが——」

「貴女《あなた》がたくさん炭を持っていたら、こんなことに意味はなくなります。そしてそんな不確かなことをするでしょうか？　毒を使うんですよ。何より慎重になるはずだって言ったのは貴女じゃないですか？」

「それは……そうじゃが。あの方は希有《けう》なお人じゃ……その気になれば吾らを出し抜くことなど――」

「だからなんだと言うんです！　今大事なのはそんなことじゃないでしょう⁉」

怯《おび》えたように言いかけたドゥドゥさんに、思わず声が大きくなったのは、きっとこれ以上聞きたくなかったからだ。

僕も心の中で思っていた。後宮に来てからはずっとだ。僕は本当に姐さんを知っているのか？　僕の知っている姐さんは、本当は……って。

だけど今僕らがやらなければいけないことは、目の前で毒に苦しむ三人を救うことだ。

「それにもし本当に姐さんが犯人だというなら、余計に逆に僕らで出し抜いてやりましょう。違いますか？」

「だが、炭はどう考えても足りぬ。無理じゃ……」

「落ち着いてください。諦《あきら》めないで。他に解毒の方法はないのですか」

「無理じゃ、吾には出来ぬ！」

だけどドゥドゥさんは悲鳴を上げるように言った。

「出来ぬ、ということは、方法はあるんですね」

『わからぬ』『無い』ではなく、彼女は『出来ない』と言ったのだ。

「…………」

ドゥドゥさんは今にも泣きそうな顔で僕を睨《にら》んだ。

「……方法は、ある。だが吾には出来ぬ。このもの達は救えぬ……」

今まで見たことのない、弱々しい声が返ってきた。そればかりか、彼女は横たわる三人に背を向けるようにして、身を縮こまらせたのだ。

でもそれがどんな方法なのかはわからないとはいえ、それでも術《すべ》があるというなら、このまま彼女たちを見殺しにしてはいけないはずだ。

「ドゥドゥさん」

そっと彼女の手を取った。

「後宮にはびこる毒を許さないのではなかったのですか？　貴女は後宮の毒より生まれ、この大唐で誰よりも毒を識《し》る、後宮の毒妃ではありませんか」

「…………」

返事はなかった。けれど彼女の手がぴくりと震えたのを感じた。

「救えぬ、ではありません。救うのです、毒妃。貴女が出来ないというならわたくしがやります。方法を教えてください」

「……鳥殺《クラーレ》しの毒じゃ」

掠《かす》れた声が言った。

「毒をもって毒を制す──馬銭の毒を打ち消すにはそれしかない」

「え？」

十四

再び、僕は早足で陛下の下へ向かった。

「どうであった？」

不安げに問う陛下に、僕は首を横に振って見せた。

「三人とも間違いなく馬銭の毒に冒されているという事です。残念ながら状況はよくなく、このままでは命を落としてしまうでしょう」

「なんと……」

陛下が呆然《ぼうぜん》とした。少なくともここ数年、毒が後宮を害する事はなかったのだと、彼は呻《うめ》くように言った。

「ですが、救う方法はあります」

「まことか。どんな方法でも構わぬ。毒妃と救って見せよ、華妃」

「は……」

陛下が身を乗り出して言ったので、僕は伏した。

「もしかすると、狙われたのは貴妃の方かも知れぬ。三人はなんとしてでも救い、誰に毒を盛られたのか話を聞かねばならぬ」

さすがは玄宗皇帝《げんそう》。女官の命も大切になさるのか……と思ったが、やはり陛下は貴妃様最優先のようだ。

とはいえ、三人から話を聞きたいのも確かだ。

「でしたらどうかこれより、わたくし達が毒を使いますことをお許しくださいませ」

桜雪《おうせつ》にあんなにも叱られ続けた稽首《けいしゅ》で、初めて実際に陛下の前に伏すのが、こんな状況だとは思わなかった。

けれど僕は深く頭を下げて、陛下にお願いをした。

「……どういう事だ」

「馬銭にはその効力を打ち消す別の毒があるそうなのです。ですがそれは同じく人を殺《あや》める毒なのです。その毒が少なくても、多くても患者は命を落とすでしょう」

「そのような毒があるのか……」

「はい。既に毒妃の女官に取りに行かせておりますが、とても危険で、馬銭より稀少《きしょう》な毒なのだそうです」

「そうか……だが使わなければ死ぬのだろう。であるならば、その毒に賭《か》けるしかないな――だが十分に用心せよ。そなたまで害されぬようにな」

僕は改めて陛下に拝して、女官達の部屋に戻ることにした。

「華妃、妾《わらわ》も手伝おう」

廊下を早足で進む僕の足を止めないよう、自身も歩みを早めながら、梅《ばい》麗妃が後ろから声をかけてくれた。

「妾も医師の娘。幼い頃から父の手技は見ている。少しは役に立つだろう――世の中というものが、まだわからぬ頃は、妾も父のようになりたいと思っていたのじゃ」

「あ……ありがとうございます」

梅麗妃が手伝ってくれるというのは頼もしい。

「私も参ります」

そう言って楊《よう》貴妃様も僕らを追いかけてきた。

「陛下は良いのですか？」

「私の女官ですから。それに陛下は他の毒に冒された者がいないかお調べになると」

だからお側を離れても大丈夫なのだと言って、貴妃様も同行してくれるらしい。

僕らは三人で、ドゥドゥさんと女官達の居る部屋に戻った。

女官達は残念ながら先ほどよりも苦しそうで、絶牙《ぜつが》と耀庭《ようてい》とドゥドゥさんが、それぞれ心配そうに彼女たちに寄り添っていた。

「梅麗妃様と楊貴妃様も看病を手伝ってくれるそうです」

僕が言い終わるより早く、がくんがくんと体を震わせた大柄な女官の下に梅麗妃が駆け寄った。

「どうすれば良い？」

「とにかく呼吸をさせなければ。この毒は早ければ一刻で人の命を奪います。体の動きに作用して、激しい痙攣《けいれん》と小さな痙攣を交互にくりかえし、嘔吐《おうと》することもあります」

「悪心があるのだな。なれば少しでも息が吸いやすいような姿勢にさせてやらねば。まず顔は横を向かせよう、吐いたもので窒息せぬように」

上を向いたままでは駄目だと、梅麗妃が言ったので、僕らは皆それに倣った。

楊貴妃様は苦しそうな女官が少しでも楽になるようにと、冷たく濡《ぬ》らした布で、女官の額や首筋の汗を拭《ぬぐ》ってやったり、口元の汚れを綺麗《きれい》にしてあげていた。

「可哀想に……」

そう呟《つぶや》いた貴妃様の表情は暗い。

「名はなんと？」

梅麗妃が問うた。

「わからないわ……私の女官はみな顔を覆っているから、誰が誰だか知らないの」

女官頭に全て任せているから、自分に仕える者達のことは、顔も名前もほとんど知らないのだと貴妃様は表情を曇らせた。

一瞬梅麗妃が意味ありげに僕を見る。多分同じ事を考えたのだろう――そんな事で危険は無いのか？　と。

「ですが、どうして名前が必要なのですか？」

「人は名を呼ばれると、死出の道行きで足を止めるのじゃ」

今度は僕が問うと、梅麗妃はほとんど意識のない女官の頭を慰めるように撫《な》でて言った。

なるほど、それはどうしても名前を呼んであげなければならないだろう。

「耀庭。三人の名前を調べられるかしら？」

「はい、華妃様」

僕は耀庭に指示した。彼も一度貴妃様を一瞥《いちべつ》し、僕に頷《うなず》いて見せたので、おそらく彼女たちが本当に貴妃様にお仕えしているのかも調べてくれるだろう。

「ごめんなさい。名前も呼んであげられないなんて……」

肝心の貴妃様は、本当に申し訳なさそうに額を拭ってやっている女官に言った。一番小柄でまだ若い女性だ。

じりじりと何も出来ない時間が長い。

「だが痙攣は思ったよりは酷《ひど》くなさそうじゃ。量が少なかったのかもしれぬ」

ドゥドゥさんが言った。

「これで、ですか？」

正直これが『酷くない』ようには思えない。

「酷いときは背が折れそうなほど体が痙攣でそり返り、目玉が突き出る。馬銭は非常に苦い毒であるが故、たくさんの量は摂取できない筈《はず》じゃ。であるならば、まだ救いはある」

それを聞いて、妃嬪《ひひん》の僕達はほとんど同時にほっと息を吐いたけれど、だからといってとうてい楽観視できるような状況じゃない。

けれど、その時席を外していた耀庭が、息を乱して飛び込んできた。

「毒妃様の女官がこれを、と」

「来たか」

ドゥドゥさんの叔母《おば》は、やはり他に炭が手に入らないか探しに行ってくれたらしい。代わりに彼女から預かったという小箱を受け取り、僕はドゥドゥさんに手渡す。ちゃぷん、と微《かす》かに水の音がした。

小箱を開くと、中には液体の入った小瓶と、大きめな針が収められていた。

「それが毒か？」

梅麗妃が興味深げに言った。

「鳥殺しなどと言われる毒でございまする。馬銭は体を激しく痙攣させ、逆にこの毒は全てを弛緩《しかん》させるのです、効果は反しておりますが、毒自体は似通っていて、故にこの二つは互いの効果を消し合うのです」

一緒に用意された針は、先端より少し上が削られて、細かい段差が出来ているという。

針先に毒を浸すと、その段差に毒がたまるので、それを少しずつ女官の体に刺してやるという。

「針で刺すのですか……？」

貴妃様が不安げに言った。確かに針治療に使うには太い針だし、それを人の体に刺すというのは……。

「この毒は、腹ではなく血の中に入れてやらねば効かぬのです。故に異国では狩りの時、矢毒として使うのです」

鳥殺しの毒は強いけれど、血の中に入らなければ無害なのだそうだ。だから狩りで使い、毒を受けた鳥の肉を食べても、人は毒に冒されない。

口の中を通り、お腹の中から体を害するという馬銭と、本当に対照的な毒なのだと言いながら、ドゥドゥさんは毒針を準備した――が。

「……どうしたのじゃ？　毒妃」

「…………」

そうして、いざ針を使おうとなった途端、ドゥドゥさんはその手を止めてしまった。

「ドゥドゥさん？」

みんなが注目するドゥドゥさんの指先が、かたかたと震え始めた。

「……厭《いや》じゃ」

「え？」

「吾《われ》の毒のせいで死ぬかもしれぬ。吾《わ》が毒で……」

そう呟いたドゥドゥさんの顔は真っ青だった。

「でも、使わなくても、このままでは――」

「厭じゃ、厭じゃ……やはり出来ぬ！」

針を箱に放り出すようにして、ドゥドゥさんはわっと顔を覆った。

そうだ……彼女は毒愛《め》でる妃で、毒で咲《わら》う人。

毒で人を傷つけたりはしない。

毒を手にして悲しむべき人ではない。

ああそうだ――この人が苦しむべきではないのだ。

だったら……何を躊躇《ためら》うことがあるだろう？　僕は箱の中で毒を滴らせる針を手に

した。

「わたくしがやります」

「だが――」

ドゥドゥさんがはっとしたように顔を上げた。

「貴女《あなた》は毒妃。後宮を守る毒妃。わたくしは貴女にどれだけ守られたことか……そんな貴女に毒は絶対に使わせません。その罪はわたくしが背負います」

そうだ。これはもしかしたら、姐《ねえ》さんが使った毒かもしれないんだ。

だったら責任は、この僕が取る。

「ドゥドゥさん。教えてください。どうすれば良いのです？　少しずつ針を刺していけば良いのですね？」

そう言って僕は貴妃様が世話をしていた、一番小柄な女官の腕を取った。

貴妃様は酷く心配しているようだったけれど、毒は体が小さい方が効きやすいと、以前ドゥドゥさんに聞いた事がある。

前尚食《しょうしょく》が子供達に毒見をさせていたのも、体の小さな者のほうが、毒の効き目が早いからだ。

であるならば、最初に救うべきは彼女だ。

それは同時に、鳥殺しの毒も効きやすいという事なのだから、より慎重に使ってやらなければいけないこともわかっているけれど。

「少し痛くしてしまうけれど、ごめんなさい……」

女官の力ない腕を取る。

既に針を刺されるよりも辛《つら》い思いをしている人の体に、更に傷を付けてしまう事への罪悪感が、針先に重くのしかかる――ああ、僕はドゥドゥさんに、こんなことをやらせようとしていたのか。

鳥肌が立った。

人を傷つけるというのは、なんと恐ろしいのだろう。

この恐怖、嫌悪、罪悪感――そういうものから目を背けて、毒という道具を使い、人を傷つけようとする者の、なんと卑劣なことか。

何が信念だ。何が正義だ。

姐さんはわかっているのだろうか？　ただ指先を動かすだけで、こうやって毒に苦しむ人の顔を、息づかいを、体温を感じずに、容易《たやす》く人を傷つける罪の重さを。

激しい怒りがこみ上げてくる中、僕は深呼吸をした。

震えそうになる指先に力を込め、女官の腕に針を近づけた――刹那《せつな》。

「いや、余が代わろう」

背後から伸びた大きな温かい手が、僕の手を包み込むように覆った。

十五

「陛下……」

初めて触れた陛下の掌《てのひら》は、剣を握る胼胝《たこ》でごつごつとしていた。

その力強い体温に、安堵《あんど》で一瞬意識が遠くなりそうだった僕の体を、楊《よう》貴妃様が抱き留めてくださった。

「案ずるな、余は龍《りゅう》じゃ、死なせはせぬ」

そんな僕を労《いたわ》るように、陛下が肩をぽんぽん、と二回叩《たた》いて針を手にする。

「よいか毒妃、この者達は死なぬ――死ぬはずがないであろう。そなたが救うのだから、そうきまっている」

陛下はそう言って、女官の腕に針を刺した。

そのお言葉にドゥドゥさんははっと我に返って、毒の瓶を手に陛下に寄り添い、慎重に体に入れていく毒の量を指示した。

「そなたの父母を、余は今でも覚えている」

「吾の父と母をでございますか……？」

「そうじゃ。いつも仲睦《なかむつ》まじく、そして知識に貪欲《どんよく》でな。余が国の内外から集めた書を全て読み、試しておった……余はずっと毒が怖かったのだ。毒で殺されることがな。かつては眠ることすら恐ろしかった」

眠ってしまったら、翌朝目を覚まさないのでは？　と毎晩思っていた。

陛下は武則天《ぶそくてん》様の孫だ。

その女禍から国を取り戻す為に、たくさんの血が流れ、たくさんの毒が使われた。

その後も国は荒れ、武則天様から帝位を奪った第四代・第六代皇帝中宗《ちゅうそう》様も、妻の韋《い》后《こう》様と娘の安楽《あんらく》公主によって毒殺されたのだ。

陛下は生を受けたときから、毒を怖れていたのだと言った。

「だが二人は余に誓ったのだ。どんな毒からも余を守ると」

陛下が取り戻した唐国は大きく強くなり、そして広く開かれた。

異国の暮らしが身近になり、見知らぬ物があれこれ売られるようになった結果、見知らぬ毒も国に入ってくるようになった。

だから陛下は、異国の毒にも詳しい毒見として、ドゥドゥさんの両親を取り立てたのだ。

「なんとしてでも毒から逃れたいと思っていた余を、二人が救ってくれたのだ……二人のお陰で、余はここまで生き延び、子を六十も授かった。これがどれだけ希《まれ》な事かわかっているか？　初代皇帝高祖《こうそ》様よりも、二十人も多いのだ……全てそなたの父母が守ったのだ」

「そ、そんな、勿体《もったい》ないお言葉にございまする！」

ドゥドゥさんの白い頰が、驚きに上気した。

「いいや。本当の事だ――そうしてその二人の娘であるそなたのことを、余は同じように信じ、そして期待をしている。二人が余を救ったように、そなたもこの者らを救って見せよ、毒妃」

陛下に鼓舞され、ドゥドゥさんの顔に体温が戻った。

叔父上《おじ》が言っていた。

一時は麻のように乱れた唐を、どうやって陛下が大国へと成長させたのか。

武だけではない。

陛下は誰より人の心を摑《つか》むのが上手《うま》いのだ。

僕はその時確かに、賢帝の横顔を見た。

その聡明《そうめい》さと冷静さが返ってくると、陛下の手を借りながら、ドゥドゥさんは三人につぎつぎ鳥殺しの毒を使い、慎重にその効き具合を確かめながら、毒の量を増やしていった。

やがて他に毒を使われた者がいないことを確認し、門を閉めて犯人を曲江池に閉じ込める手配を済ませた叔父上が太医と共にやってくる頃には、状況は随分好転していた。

それにしても不思議な風景だ。

倒れているのは女官――楊貴妃様付きとはいえ、おそらく正五品《しょうごほん》以下の女性達だ。

そんな彼女らを必死に助けようとしているのは、皇帝陛下と、正一品、正四品《しょうしほん》の妃《ひ》嬪《ひん》。

貴妃様を守るため、そしてドゥドゥさんにしか出来ない事とはいえ、まるで身分があべこべのようだ。

けれど慣れた様子で女官達の世話をする梅《ばい》麗妃は、あの冷たい雪の花とは違う熱を感じたし、僕らの間にいがみ合ったり、憎み合ったりするようないつもの空気は存在しなかった。

そうして女官達の具合が安定するにつれ、僕らに安堵が戻ってくると、疲れの浮いた顔の貴妃様と梅麗妃が微笑みあい、抱き合って喜ぶのが見えた。

後宮は寂しいところだ。

愛されるために憎み合う、苦しくて悲しい場所だ。

妃嬪は敵同士。

本当は家族でも、友達でもない。

けれど僕の視線に気が付いた貴妃様が、僕とドゥドゥさんの手を引いて、喜びの輪の中に加えてくれた。

僕らはその時、確かに親友のように疲れた互いの身を案じ、苦労を讃《たた》え、そして姉妹のように抱き合って喜び、笑い合った。

きっと明日《あした》になれば、また今まで通りの後宮暮らしと、これまで通りの冷たい関係の僕らに戻ってしまうのだろうけれど。

それでもきっとこうやって、確かに手を取り合ったことは忘れないだろう。

「まぁ！　泣かないで！　よく頑張ってくれたものね」

僕の頰に伝った涙に気が付いて、楊貴妃様が僕を背中から抱きしめた。

「安堵したのか？　そうじゃな……きっとこれでもう女官達は大丈夫じゃ……」

そう言って僕の頰を両手で包み込んでくれた梅麗妃の瞳《ひとみ》にも涙が浮かび、結局僕らは嬉《うれ》しさにむせび泣いた。

──ああ、でも本当は違ったんだ。

僕のこの涙は、嬉しかった訳でも、安心したからでもなかったんだ。

姐《ねえ》さんはこれが望みだったのだろうか？

後宮での孤独な生活の中で、こんな風に僕らを結びつけたかったのか？

貴妃様を憎む梅麗妃と、自ら憎まれることを選ぶ、優しい貴妃様の仲を取り持ちたかったのか？
姐さんは地位を嫌ってた。
位の低い人達の命が軽んじられることを憂いていた。
これが望みだったのか？
僕らが、陛下が床に膝《ひざ》を突いて、必死に女官を助けようとすることが？
その為に女官に毒を盛り、彼女たちを傷つけたのだろうか？
本当に全部、姐さんの思い通りなのか……？
きっとあの人は、もう既に逃げた後だろう。
安全な遠い所で、いったい何を思うのだろう。
姐さんのことが誰よりも好きだ。
そして僕は今、誰よりも姐さんのことが許せなかった。

終

槐《えんじゅ》の花が一斉に散り、地面を黄色と白に染めると、今度は萩《はぎ》の花が色づき始める。
夏の頃より、秋の花は楚々《そそ》として美しい。

そんな花達と、澄み切った青空が映って揺れる庭の池を眺めても、僕の心は一向に晴れなかった。

「もー、溜息《ためいき》ばっかりついてると、今に魂まで抜けちゃいますよ」

心配そうに言って、耀庭《ようてい》が僕にお菓子をあれこれ用意して、絶牙《ぜつが》が熱いお茶を淹《い》れてくれた。

「そうですよ。それにこれ以上お痩《や》せになってしまったら困ります。勿論《もちろん》私茴香《ういか》が、華妃様の一番お綺麗《きれい》に見える衣を縫いますけど！　でも……やっぱりもうちょっとほっぺがぷっくりされている方がかわいらしいですよ」

寒くないように披帛《ひはく》を持ってきてくれた茴香にまで、本当に心配そうに言われてしまったので、正直食欲がなかったけれど、僕は慌ててお菓子に手を伸ばした。

そんな僕を見て、桜雪《おうせつ》が「無理をなさらなくても良いですよ」と声をかけてくれる。

「二人とも、そんな風に言うと華妃様が頑張られてしまうでしょう？　絶牙を見習いなさい。貴方《あなた》達はしゃべりすぎなのですよ」

桜雪が耀庭と茴香を窘《たしな》める横で、絶牙が僕にお茶を差し出してくれた。

「あ……いえ……心配してくださっているんだから、しゃべりすぎってことは……」

そもそも、しゃべることのできない絶牙と比べるというのは、二人も、そして絶牙だって可哀想ではないだろうか……。

曲江池の宴から、一週間が過ぎた。

陛下手ずから鳥殺しの毒を与えられ、僕らが看病した女官達は三人とも、なんとか息を吹き返した。

助かって本当に良かったと思ったけれど、貴妃様の女官が毒を盛られたのだ。大変大きな騒ぎになるかと思いきや――それは結局内々に処理されることとなった。

何故なら女官達の部屋から、柿蔕《してぃ》と水銀が見つかったからだ。

ドゥドゥさんの話によるとどちらも、赤子を授かる妨げになるらしい。

妓女《ぎじょ》達が子供を授からないように、使っている薬なのだそうだ。

陛下は毎晩のように貴妃様を侍《はべ》らせているけれど、貴妃様はずっと御子《みこ》を授かられていない。

それが実際に貴妃様に使われたのかはわからないし、ドゥドゥさんの話では、おそらく水銀の方は使われていたとしてもごく少量で、お体を害する事はなさそうだと言う。

けれど柿蔕の方はわからない。柿蔕自体に毒はないからだ。

ただたくさん摂《と》ると、月の血の道を滞らせる作用があるらしい。

陛下は貴妃様に御子を望まれているのだ。

彼女が子供を授からないように、女官が毒を盛っているとしたら、それは大変な反逆行為だ。

だのに陛下が彼女たちを断罪出来ない事には理由があった。

女官三人とも、どうやら虢国夫人《かくこく》と関わりがあるからしい。

「虢国夫人は……実は貴妃様をお迎えする少し前、陛下がちょっとだけ入れこんじゃってたんですよ」

「まぁ……」

相変わらず情報通の耀庭が、お菓子を片手に教えてくれた。

貴妃様が寿王様の下を離れられ、後宮に入られるまでに、数年の時間があった。

息子の妻であった罪を消すためにか、彼女は女道士として修行されたのだ。

どうやらその間に、虢国夫人は寂しい陛下に近づいたらしい。

「まあ、そんな長いこと続かなかったみたいですが、陛下はよほどのことがない限り、情を交わした女性を大切になさいますし。多分貴妃様にそのことを知られたくないんだと思います」

お姐様ですからね、と耀庭が言った。

確かに陛下に嫁ぐために身を清めている間に、姐と陛下が親密になっていたと知ったら、貴妃様だって黙ってはいられないだろう。

「だからって……そもそも虢国夫人は、どうして貴妃様が赤子を授かる妨げを？」

妹の貴妃様が、陛下の御子を授かるなんて、こんな誉れはないはずなのに。

「そりゃまあ、危険だからじゃないですか？」

耀庭が肩をすくめて言った。

「貴妃様が子を授かれば、また国が乱れる原因になります。確かに貴妃様が皇后になれば、彼女もいい思いは出来るでしょうが、逆に貴妃様が暗殺されたりしたら、全部失ってしまいますからね」

「それならば今のまま……という事なの？」

「あの人は所詮《しょせん》、贅沢《ぜいたく》で気持ちが良い生活を送りたいっていう、それだけの人ですから。面倒くさい政治に振り回されたくないんだと思いますよ」

「そんな……その為に、妹に毒を飲ませ、子供を授かるのを妨げていたというのですか……？」

なんと独善的で恐ろしいことだろう。

『姐《あね》』なのに……と思うと、余計に僕の胸にちかちかと、虢国夫人に対する怒りの火が点《とも》った。

「まぁ、そういうのも含めて、貴妃様を支配したいって事なのかもしれませんね——とはいえ、これからは女官の選別もより厳しくなるだろうし、あの女官達だってもう死んじゃいましたからねぇ」

耀庭が池の鯉をからかうように、お菓子の欠片《かけら》をぽちゃん、ぽちゃんとあちこちに投げながら言った。

そうなのだ。

僕らがあんなにも必死に助けようとした女官達は、もうこの世にいないのだ。

三人は毒では死ななかった。

だけど彼女たちは、隠していた毒が明らかになる前に、それぞれ舌を噛《か》んだりして死んでしまった。

ひどい焦燥感に苛《さいな》まれるけれど、彼女たちが自ら命を絶ったことが、彼女らの罪の証明になったのだろう。

だからこそ、陛下は三人の女官を、そして彼女たちに毒を盛った犯人を咎《とが》めなかったのだ。

「陛下にしてみたら、三人に毒を盛った人の手柄と言ってもいいくらいなんでしょうね」

柿蔕だけでなく、このまま強い毒を使われるかもしれなかったのだから、犯人は毒から貴妃様を守ったことになるのだろう。

少なくとも、このまま彼女たちを野放しにしていたら、いずれは猛毒である水銀が、貴妃様の体を蝕《むしば》むことになっていたかもしれないのだから――。

「華妃様」

その時、部屋付き女官の鈴々《りんりん》と蘭々《らんらん》がやってきた。

「どうしました？」

「その……毒妃様が、急にお訪ねに……」

「お帰り頂きますか？」

二人が不安そうに言ったけれど、慌てて僕は首を横に振った。

「いいえ、すぐにお通しして」

空は青く、まだ陽は高い。

普段なら眠っているはずのドゥドゥさんが訪ねてくるには、あまりに早い時間だ。陽光で火傷《やけど》をしてしまう彼女が、少しでも安全なように、僕は少しでも陽の差さない部屋に彼女を通した。

「お体の具合はいかがですか？」

ドゥドゥさんに会うのも一週間ぶりだ。

普段からそう足繁く通ってる訳ではないにせよ、本当はあの後すぐに彼女を訪ねたかった。

けれど激しい心労のせいだろうか、ドゥドゥさんはしばらく伏せってしまっていた。

心配で何度も訪ねようとしたけれど、彼女の女官が許してくれなかったのだった。

ドゥドゥさんは、体を心配する僕の質問には答えず、絶牙の淹《い》れたお茶を手に、しばらく黙っていた。

「あの……お加減が悪いなら、お茶は無理に――」

「そうではない。そなたの好むお茶が熱すぎるだけじゃ。いつも飲んだ後、舌がひりひりする」

「それでも……ぬるいお茶よりも良くはありませんか？」

「ない。ぬるい方がましじゃ」

「……そうですかね？」

お茶はうんと熱い方が体の芯《しん》がしゃん！　となる気がするし、ぬるいお茶は変に苦かったり、気合いが入らないような気がするけれどな。

「まあいい。茶の話をしに来た訳ではない」

ドゥドゥさんが呆《あき》れたように顔を顰《しか》めたけれど、それでもお茶の話で少し気分がほぐれたのか、さっそく本題に入ってくれた。

気まずい空気は嫌だ。大事な話は早く済ませてしまいたい。

「お話とは……三人の女官のことですか？」

　ドゥドゥさんが苦々しく息を吐いた。

「そうじゃ……三人とも死んだと聞いた」

「毒のせいではありません」

「いいや。毒によって身を滅ぼした事には変わらぬ」

「ですが――」

　三人の女官は、馬銭でもなければ鳥殺しの毒で命を落とした訳でもなかった。

　僕らも、ドゥドゥさんも三人を確かに救ったはずなのに。

　けれど確かに彼女たちが命を絶たなければならなかった理由は、おそらく部屋に隠された毒だ。

　毒と無関係だったなら、あたかも罪に問われることから逃げるように、自ら命を絶つことはなかっただろう。

　もしかしたら罪をなすりつけられたのかもしれないけれど、だとしても結局彼女たちが『毒』と関わりなどしなければ、こんな事にはならなかったのかもしれない。

「全ては『類《たぐい》なき華の君』の思い通りなのであろう」

　ドゥドゥさんが、ぼそりと言った。

「毒を使って騒ぎを起こす。そして吾《われ》らがそれを助ける。そうして三人の罪を明るみに出す――いままでもそうじゃ。そなたがここに来てからは」

「わたくし達がどう動くか……までお見通しという事ですか？」

「おそらくは」

「……………」

考えたくはなかった。だけど姐《ねえ》さんがこの件と無関係だとは思えない。

このところ、姐さんのことを考えると、すっと体温が下がるような気がする。

ずっと信じたいと思っていたし、力になりたいと心に誓ったはずなのに——だけど彼女が本当に、女官や兄さんに猛毒を意図的に飲ませたのだとしたら——。

「三人とも、体の大きさも年齢も違った。故にそれぞれ死に至る毒の量は違った」

そこまで言うとドゥドゥさんはまた少し黙って、そしてやっとお茶を一口飲んだ。

急《せ》かして火傷をされても嫌だし、僕も黙ってお茶を飲んだ。姐さんも大好きだった蓮茶《はすちゃ》だ。

「毒なき華が来る前じゃ……あの方は度々、吾の下を訪れては、色々な話をしてくださった。吾もまた、彼女に話してしまったのだ——毒の事を」

「ドゥドゥさんが？　姐さんに!?」

「嬉《うれ》しかったのだ。吾に初めて、友ができたと思った。そして、あの方は毒などとは無縁だと信じていた……吾は愚かだった」

「………」

ドゥドゥさんが、姐さんと親交があったかもしれないというのは、彼女の言葉の端に薄々感じていた。

彼女が姐さんを『類なき花』と呼んだ時も。そもそも彼女は二度目に顔を合わせた時、香りで姐さんと僕が違う事を見破ったのだ。

それはつまり、彼女が姐さんの馨《かお》りを知っていたからということに他ならない。

「では、やはり姐さんの毒の知識は……」

「――だが、量や使い方までは教えておらぬ」

「え？」

「秋水仙の時からおかしいと思ったのだ。確かに吾は秋水仙の事は教えたが、白虎歴節風の薬という事までは、話さなかった――だが、それは確かに吾《わ》が一族に伝わる術じゃ。この唐の医術ではない」

「どういう……こと……ですか？」

「…………」

ドゥドゥさんは僕のその質問に答えるのを、躊躇《ちゅうちょ》しているようだった。

部屋の隅に控えている絶牙と耀庭に目配せをする。

彼らが部屋を出て、本当に僕とドゥドゥさんと二人きりになると、彼女は覚悟を決めたように、僕のすぐ隣に座り直し、そっと声を潜めて話し出した。

「……三国の時代、類《たぐ》い希《まれ》なる医術を修めていた華佗《かだ》は、あまりに風変わりなその医術を恐れた皇帝によって処されてしまった。その医術を記した青嚢書も燃やされたという事になっているが、実際は違うのだ。華佗は死の直前、日々世話をしていた獄吏に青嚢書を残し、彼は青嚢書を守るため、それをいくつかに分けて信用できる者に託したのだ」

そうして燃やされた方の『青嚢書』は、実際は獄吏が作った偽物だったという。

「その中で毒の書を、ドゥドゥさんの家系は受け継ぎ、守っているのですよね」

「そうじゃ……だが毒の書というものは正確にはもう存在しない」

「え？」

「そこにはな、国を幾度も滅ぼせるほど、多くの毒が記されていた。だから命を守るために知識を使う者のみがそれを受け継ぐように、毒の書は口伝で、吾が一族の選ばれた女のみに教えられるのだ」

「女性だけに？」

「そうじゃ。母から娘にじゃ。女から女へ。娘が居なければ姪《めい》に、孫娘に――万が一男が戦で、そして政《まつりごと》で使わぬように」

女性だけが命を大切に出来るというわけではない。けれどこの唐で、女性は政治を行えない。

女性が男性用の胡族《こぞく》の服を着て、自由に馬を乗ることは許されるようになっても、女禍から国を取り戻した今は、政治や戦争は男性にしか許されていないのだ。

「今の代は叔母上《おば》と、吾しか知らぬ。叔母上が外部に漏らすことはない。あの人はそういう人ではない」

「じゃあ……だったら誰が？」

確かにドゥドゥさんの女官を務める彼女なら、秘密を守るようには思うけれど……。

僕の問いに、ドゥドゥさんは深く長い溜息《ためいき》を洩《も》らした。

「……吾が一族はみな石のように硬い口で『毒の書』を守ってきたが——分けられた他の書に何が書かれていたのか、吾らにはわからぬのだ」

「じゃあ……まさか」

「白虎歴節風を治す為に秋水仙を使い、馬銭の毒を抑える為に鳥殺しの毒を使う——毒を薬として使う術がある。もしかしたら、吾以外に医として毒を継いだ、毒の薬師がいるのかもしれぬ」

「毒の、薬師……？」

「そうじゃ。そしておそらく類なき華には、吾ではない毒の師がおる。それも同じ華佗の知識を継いだ者が」

「そんな……」

薬としての顔を持っていても、毒はやはり毒なのだ。使い方を誤れば、容易く命は奪われてしまう。

「だが吾とその者は違う。母と父が陛下の下で更に磨いた知識があるのじゃ。吾はそれを全てこの身に、血と毒と共に受け継いだ。これ以上あの方の好きにはさせぬ」

ドゥドゥさんは昼と夜の狭間《はざま》の瞳《ひとみ》で僕を見据え、自分の胸元を手で押さえるようにして、強く言った。

「毒はな、害意じゃ。それは命を傷つけるために存在し、やがてそれを使う者をも蝕《むしば》んでいく。三人の女官が命を落としたように。そなたは姐《あね》を想い、逆らうことはないかも知れぬが――」

「いいえ」

兄さんも女官達も、確かに命は落とさなかったけれど、酷《ひど》く苦しんだ。

まるで碁石でも並べるように、軽々と姐さんは毒を使い、相手の手を読んで先を見ているのかもしれないけれど、これはけっして遊びではないのだ。

「たとえどんな目的があっても、命を軽んじてはいけないと、そうわたくしに教えたのは姐さんです」

幼い頃、道を間違えて迷子になった僕の手を引いて歩いてくれたのは姐さんだ。

今度は姐さんが道を間違えるなら、手を引くのは僕の番だ。

「止めなければ、あの方を」

僕とドゥドゥさんは互いの決意を示すように、互いの手を強く握りあった。

長安余話『蘭』

一

その日は朝からあたたかく、庭ではうらうらと白い蝶《ちょう》が舞い、姐《ねえ》さんの愛犬・猛獣白娘子《はくじょうし》がぷうぷうと鼻を鳴らして、機嫌良く昼寝をしていた。

なんと平和な事だろう……と僕は絶牙《ぜつが》と二人、のんびりお茶を飲みながら、規則正しく上下する、白いお腹を眺めていた。

この白娘子、見た目は大変可愛いし、女官達には懐こい様子なのに、僕や絶牙、耀《よう》庭《てい》には隙あらば嚙《か》みつこうとしてくる。

それでも最近は自分が撫《な》でて欲しい時だけは甘えるそぶりを見せるようになったけれど、僕から撫でようとすると手に穴が空いてしまいそうになるのだ。

そんな白娘子のお昼寝は平和そのもの。もういっそこのまま夜まで寝ていてくれたらいいんだけど……なんて思っていた矢先、隣の部屋から、「うわあああん」という大きな泣き声が響いて、白娘子と僕はぴょんと驚きに飛び跳ねてしまった。

「どうしたのですか？」

白娘子が起きてしまったことも残念だが、それ以上に女官の誰かが大声で泣いているのだから心配になる。

慌てて隣の部屋に向かうと、部屋付き女官の蘭々《らんらん》が、顔をくしゃくしゃにして泣いているのだった。

「り、鈴々《りんりん》……？」

いつも姉妹のように蘭々と行動を共にしている、女官の鈴々に声をかけると、彼女は呆《あき》れたように溜息を洩らした。

「ほら！　華妃様にまでご心配かけて！　もういい加減にしなさいよ！」

「だって、だってぇ……」

鈴々に叱咤《しった》されて、なおも蘭々はえぐえぐと嗚咽《おえつ》を洩らす。

僕も泣き虫な方だから、理由があるなら泣いてしまうのも仕方がない事だと思うけれど、肝心なのはその理由だ。

「いったい何があったのですか」

「それが、蘭々の弟が、奥さんを貰《もら》うことになったんです。それが寂しいって号泣してるんですよ？」

呆れちゃいますでしょ？　と鈴々が頭痛を抑えるように言う。

「弟さんが？」

「はい。おめでたいことなのに、蘭々ったら……」

「うわああん！　だって、だって……」

また泣き崩れそうになった蘭々から話を聞けば、蘭々は長女なのだそうだ。

今回妻を迎える弟というのは一番末っ子で、蘭々は体の弱い母に代わって、赤ん坊の頃からたいそう弟の世話を焼いてきた。

そんな我が子のように大切な弟が、自分の後宮奉公中に嫁を娶《めと》り、そして商家を営む妻の家業を継ぐために、遠い嶺南《れいなん》の地に住まいを移すことになったらしい。

「だってよりによって嶺南ですよ⁉ 嶺南なんて流刑地じゃないですか！ そんな遠い所に行っちゃうなんて！」

「確かに……嶺南は遠いですね」

長安から嶺南は五千里余り、陛下のお怒りを買った宰相達が、流刑で送られる遠い土地でもある。

「でも暖かい場所だと聞いた事がありますよ。きっと健康に過ごせ――」

「うわああああああん」

そんなとってつけたような慰めでは、やはり蘭々の心が晴れるわけがなく、彼女はいっそう大きな声を上げて、床に泣き崩れてしまう。

「す、すみません、すぐに落ち着かせますから」

「ああ……いいのよ、少し休ませてあげて頂戴《ちょうだい》」

慌てて鈴々が蘭々を部屋から連れ出そうとしたので、二人の背中にそう声を掛けた。

こればっかりはどうにもしてあげられそうにないし、せめて少しでも気持ちを紛らわせられるようなことがあると良いのだけれど……と僕は深い溜息《ためいき》をついて、遠くなっていく蘭々の泣き声を聞くしかなかったのだった。

二

「まったくもう、蘭々《らんらん》は……」

寒くもなく過ごしやすい日だからと、ゆったりお湯を使わせて貰っていた僕は、丁寧に髪を洗ってくれる桜雪《おうせつ》のその呆れたような溜息に苦笑いをした。

「でも泣いている原因が、もっと悲しい理由じゃなくて良かったです」

「そうですが……申し訳ありません華妃様にまでご心配をおかけしてしまって」

華妃様と言っても中身は弟の僕だし、そこまで気を遣って貰うこともないけれど。

とはいえ僕は今、翠麗《すいれい》姐さんの代わりだ。

そして今部屋にいるのは近侍の三人、女官の桜雪と茴香《ういか》、そして宦官《かんがん》の絶牙《ぜつが》だけ。

僕の正体を知る三人だけが、こうやって湯浴《ゆあ》みの手伝いをしてくれているけれど、部屋の外には普通に女官達が働いていて、宦官の耀庭《ようてい》が控えている。

この後宮に居る限り、僕はどうしたって『華妃』なのだ。

「蘭々には後でしっかり言い聞かせておきますので」

ここに来た時よりも少し伸びた僕の髪に、きれいなつやが出るように、香油を纏《まと》わせてくれながら険しい口調で言う桜雪に、慌てて振り返る。

「いいえ。可哀想ですから、あまり叱らないでやってください」

「ですが」

「蘭々は普段大変よく尽くしてくれます。わたくしはその働きぶりを評価し、感謝をしていますよ――それでよいのではなくて？」

姐さんの口調、姐さんらしい言葉で遮られてしまっては、それ以上の言葉は継げなかったのだろう。桜雪はふう、と息を吐いて諦《あきら》めたように頷《うなず》く。

「……御意にございます」

風紀や気の緩みのようなものを、しっかりと取り締まらなければいけない立場の桜雪にとっては頭の痛いことだろうが、『華妃』にそう言われてしまえば、これ以上女官を叱ることは出来ないのだ。

桜雪は一瞬渋い顔をしたが、それでも口の端に苦笑いを浮かべ、反論を呑《の》み込んで頷いた。ちょっと申し訳なくもあるけれど。

だけど他でもなく、姐さんならこう言うだろうと桜雪もわかっているから、余計に逆らえないのだろう。

「でも私、蘭々の気持ちもちょっとわかりますよ。私の方は姐《あね》ですが。一つ上の姐は親友みたいな存在だったので、嫁いじゃった時は置いてきぼりにされたみたいに、しょんぼりしちゃいました」

桜雪の横で、皮膚の上で絹糸を滑らせるように弾《はじ》きながら、僕の顔や腕の余分な体毛を綺麗《きれい》に取り除いてくれていた茴香が、手を止めて懐かしそうに、少し寂しそうに言った。

「そうですね……それは……その気持ちは、わたくしもよくわかります」

姐さんが後宮に上がった時、僕はもう小さな子供ではなかったし、他でもなく陛下のお側に向かうのだから、泣いて見送ったりはしなかったけれど、だけど姐さんの明るい声が聞こえない家の中は寂しく、暗く、僕自身の居場所すらなくなったような気がしたのも思い出した。

「……だからといって、仕事中に大泣きするのは駄目でしょう」

とはいえ女官が仕事中に大騒ぎするのは許せることではないと、桜雪は顔を顰《しか》めた。

「だったらせめてお休みを取らせてあげられたら良いのですが」

「人手も足りませんし……家に帰りたいのはあの子だけではありませんから」

「そうですか。まぁ、そうですよね……」

ここは陛下の後宮なのだ。女官といえど気安く家に帰ることは許されない。こうやって四夫人の部屋で働ける女性達は、家柄の悪くない女性が多いけれど、とはいえ美しいからと妃嬪《ひひん》探しの宦官に声を掛けられて、半ば親に売られるようにして後宮で働く女性もいるのだ。

望まぬして後宮で働かされる者、家族の下に帰りたい者、みんな様々だ。

だのに蘭々だけを家に帰すというのは、やっぱり不公平になるだろう。

それに僕も弟だ。幼くして母を亡くし、乳母もいたとはいえ、母親のような愛情を注いでくれたのは、他でもなく翠麗姐《ねえ》さんなのだ。

どうしてもそんな姐の姿と、蘭々が重なって、気になってしまうのだった。

「絶牙にも、妹――」

そうして湯から上がった夕暮れ時、朱《あか》い西日が差し込む部屋で絶牙と二人きり、新しい訶子《したぎ》を着せて貰いながら、つい彼にそう問いかけそうになって、僕は慌てて口を噤《つぐ》んだ。

「…………」

二人の長い影が伸びる中、絶牙が夕陽を映す深い色の瞳《ひとみ》で僕を見た。

「いいえ……なんでもないわ……」

うっかり酷《ひど》いことを彼に聞いてしまうところだった。

絶牙は元々武官の家系だ、けれどかつての戦で、彼の父上が陛下のお怒りを買ってしまったために、一族の血は完全に絶やされた。

罪深き一族とはいえ、弔う者すらいないのは哀れだし、万が一陛下に祟《たた》る事などないように、末息子である絶牙だけが弔い役に宦官として遺《のこ》されたのだ。

彼から声を奪ってしまうほどの絶望だ。いかほどの悲しみ、苦しみかだなんて、僕には想像もつかない。

そんな可哀想な人に、僕はなんてことを聞こうとしたんだろう。

けれど慌ててぎゅっと口を噤んだ僕を見て、彼は寂しげに微笑んだ。

『妹がおりました』

「え？」

彼はそう、指の先で僕の掌《てのひら》に書いた。

「あ……ご、ごめんなさい……」

何か相づちを返す前に、思わず謝罪が口を突いた。けれど彼はゆっくりと首を横に振ると、僕の目をまっすぐに見て『あなたに似ている』と言った。

勿論《もちろん》声には出さず、唇だけで。でも彼の優しい声が確かに聞こえたような気がしたんだ。

「……似ていますか？　どこがですか？　顔……ですか？」

なんだか嬉《うれ》しいような、こそばゆいような気持ちになって問う僕に、絶牙は両手を自分の目元に当てて、泣いているようなフリをしてみせた。

「え？　それって……もしかしてすぐに泣く所って言いたいんですか？」

そんな、そりゃ泣き虫は否定しないけれど、そんなところが女の子に似ていると言われるのは非常に複雑だ。

「も－……」

だけど絶牙がにっこり笑ってくれたので、反論する気持ちはなくなってしまった。

同じように微笑みを返すと、彼は僕の上がった口角を指差したあと、頭をくしゃっと撫《な》でてくれた。

笑顔が似ていると、そう言ってくれたのだろう。

勿論絶牙は姐さんを守り、お世話をするのが仕事で、桜雪達同様にそのまま近侍として僕にも仕えてくれているだけの人。

あくまで彼の主《あるじ》は姐さんであって、僕じゃない。

だけど――だけど彼の優しさの中に、いつもそれ以上の何かを感じていた。

上手《うま》く言えないけれど――しいていうなら、親愛のようなものを。

武器を握る筈《はず》だった手で、こうやって僕の訶子の胸紐《むなひも》を丁寧に結んでくれている彼には、日々感謝しかないし、それは今後も変わらないけれど。

だけどずっとお世話になるばかりだと思っていた僕が、少しでも彼の慰めになっているなら良かった。

みんな誰しも兄姉と仲が良いとは限らない。現に僕だって二人の兄の事は普段思い出すこともない。

それでも姐さんのことはいつでも誰より大切に想う。彼女の存在がいつだって僕を慰め、そして勇気づけてくれるのだ。

友とも親ともまた違う『兄弟』『姉妹』の存在は、やっぱり少し特別だと思う。

……そう考えたら余計に蘭々の事が可哀想に思え、たまらなくなった。

だから蘭々にはこっそり特別に真珠を贈った。

二粒の真珠が連なった珍しい双子真珠だ。

叔父上《おじ》からのご褒美である貴重な品ではあったけれど、家族を大切に想う彼女には似つかわしいだろうし、これで少しでも気を紛らわせてくれたら良いと思った。

実際蘭々は、僕からの贈り物をとても喜んでくれたし、泣きながら『良いお妃様《きさき》に仕えられて幸せだ』と言ってくれた。

きっと彼女はこの調子なら、戻ってきた翠麗のことも大切にしてくれるだろう。

それなら全然、真珠は惜しくないと思った。

だって僕にとって大事なのは、物ではなく家族――姐さん自身なんだから。

そんなことがあって数日が経ち、また柔らかい朝日が照らす穏やかな朝のこと、絶牙と二人ですっかり朝の日課になった庭の散歩を愉《たの》しんでいた僕は、池の側の庭土を掘り返す蘭々の姿を見つけた。

「まぁ……こんな時間にどうしたのですか？」

まだ普段は女官達が働き出す時間ではないし、そもそも庭は蘭々の仕事場ではない筈だ。

「あ、いえ、お勤めの妨げにならないように、早い内にと思って……すみません、お見苦しい所を。お散歩の邪魔をするつもりはなかったのですが……」

僕の姿を見て、蘭々は酷く申し訳なさそうに言った。

「いいえ、邪魔ではありませんよ。でも、どうしたのですか？」

いったい何をしているのかと、歩み寄って覗《のぞ》こうとした僕の為に、蘭々は少し横にずれてみせた。

「それが実は昨日、弟の嫁から大きな花が届いたんです」

僕に慰められたこともあって、祝言の席に同席は出来なかった蘭々は、めでたい二人にせめて、と手紙とお祝いを送ったらしい。

そのお礼にか、昨日見慣れない大きな花樹が届いたそうだ。

「曼陀羅華《まんだらげ》っていう、ちょっと珍しい薬草だって聞きました。でも大きいし、せっかくだからお庭に植えさせて貰《もら》おうと思って」

「これがその花ですか？」

それは確かにあまり見たことのない花だった。

僕の胸丈ほどの高さのその花樹は、盛花の時期を過ぎてまばらな印象だったけれど、それでも奇妙で立派な喇叭《らっぱ》のような形の大きな花をぶら下げていた。

花は真っ白だけれど、萼《がく》に近づくごとに黄色みを帯びて、そして嗅《か》いだことのない甘い香りがする。

「こっちでは随分高価なんだそうです。どんな薬効があるかまでは、文に書いてませんでしたけど」

枝が折れるのではないかと思うほど、見事な花をつけた花樹だ。見慣れないだけでなく、見た目も香りも存在感がある。

「こんな立派なお花なのに、薬草なのですね」

蘭々が姐さんの庭に植えようと思ったのは確かにわかった。でも見慣れないせいかこの大きな花が周囲とどうにもしっくりこないのだ。

美しい筈なのに異質なこの花に、僕はふとドゥドゥさんを思い出した。

「『曼陀羅華』……ですか」

毒を愛《め》でる妃なのだから、薬草の方までどれだけ知っているかはわからない。でも万が一毒が含まれているようなことがあると心配だ。

勿論蘭々の新しい義妹《いもうと》からの贈り物を疑うわけではないけれど、普通に見えても、例えば新芽の内はだめだとか場合によっては害があるという植物は少なくない。

それに一番の理由は、僕はすっかりいつだって、ドゥドゥさんを訪ねる理由を探しているのだ。

「どんな効能なのか、薬草にもお詳しい毒妃様に伺ってみましょうか」

「そうですね、毒が入ってたりしたら笑っちゃいますすけど」

蘭々がちょっと意地悪そうに笑った——勿論、この時は彼女も冗談だっただろうが。

僕だってそんなことは思ってなかった。

だから軽い気持ちでその花を一房貰うと、日が沈む頃ドゥドゥさんの部屋へ向かったのだった。

三

ドゥドゥさんは掖庭宮の外れに住んでいる。

薄暗くて、草木が生い茂る怪しい場所だ――と、はじめは思っていた。

でも今はこの隠れ家みたいな雰囲気が大好きだ。

ゆっくりと色彩が滲《にじ》んでいくような秋の草木の間を、あてどもないようにひらひら舞う秋の蝶《ちょう》も、そよ風ではびくともしないほどまるまると肥えた黒蜘蛛《くろくも》も。

カサカサと風で鳴る蔦《つた》の葉の音も、下生えの草ですら全てが綺麗《きれい》に整えられて、必要のないものは全て取り除かれてしまうこの後宮では、特別な物のように感じてしまう。

吹く秋の風も寂しいけれど、ここではどこか優しい。

「ああ美々《メイメイ》、久しぶり」

やって来た絶牙《ぜつが》と僕に最初に気が付いたのは、先日太華《たいか》公主様がドゥドゥさんに贈った羊の美々だ。

ふさふさ丸い大きな羊は僕らを見るなり、めぇええええええと警戒したように大きな鳴き声を上げた。なんでだよ……そもそも最初に君を飼ったのは僕なのに。

「あら」

そんな羊の声を聞きつけ、ドゥドゥさんの女官が部屋から出てくると、彼女は羊以上に警戒したような、迷惑そうな険しい顔をした。

「貴女《あなた》は本当に、いつも急にいらっしゃいますね」

「それはまぁ……失礼だとは思っているのですが……」

確かに普通は、お邪魔する前には先触れというか、お伺いをたてるものだ。

「特に予定も支度もないから良いですが」

それでも女官は諦《あきら》めたように溜息《ためいき》をついて、「どうぞ」とも言わずに僕らを中に招いた。

歓迎してくれるわけではないし、お茶を出してくれるわけでもないけれど、とりあえず門前払いはされなくて良かった。

「なんじゃ、また毒かえ？」

僕らを迎えたドゥドゥさんは、まだ少し眠そうな顔で言って、大きくあくびをした。

「毒かどうかはわからないのですが、女官が見慣れない薬草の鉢を頂いたので、一応見て頂けないかと思って」

僕がそう言うと、隣に居た絶牙が大事そうに絹に包んだ白い花を僕に差し出してきたので、絹地ごと受け取ってドゥドゥさんに見せた。

「どうですか？」

「ほう……曼陀羅華《ダチユラ》ではないか。温かい所の花じゃな」

「ご存じなのですか」

ドゥドゥさんが花を取り上げて、すんすんと香りを嗅ぎながら言った。確かに蘭々《らんらん》の話では、義妹は嶺南の商家の娘だという。きっと故郷から持ってきた花なのだろう。

「ふむ。確かに薬草ではある。少量であれば咳《せき》や痛みを鎮めたり、瞳《ひとみ》を美しく輝かせるのじゃ」

「瞳を……ですか？」

それはまた、不思議な薬だ。けれど思わず花に触れようとした僕の手を、ドゥドゥさんがぴしゃりと叩《たた》いた。

「…………！」

咄嗟《とっき》に僕の斜め後ろにいた絶牙が身を乗り出したので、僕は慌てて二人の間を割るように手を広げる。

「さ、触らない方がいい薬ということなんですね⁉」

「ふむ。これなるは蕾《つぼみ》から根まで、全てに毒を持つ。勿論《もちろん》花も例外ではない」

「でも……薬、なのですよね？」

「…………」

答える代わりに、ドゥドゥさんが哂《わら》った。

「え？」

「薬草とも言えるが、これには幻惑を見せる効能があってのう、吾《わ》が一族に伝わる、麻沸散《まふっさん》にも使われている」

「麻沸散……触れても目覚めないほど深く眠ってしまう薬、でしたか」

降嫁を憂う太華公主が、以前ドゥドゥさんに欲しいと願った薬だ。嫁いだ後、避けられないであろう夫との時間を、どうにか眠ったまま過ごせるようにと。

「そしてこれは命を奪う事も出来る毒でもある。けして効果の弱い毒ではないのじゃ」

「え……」

まさかとは思ったけれど……そんな……。だって義妹さんからの贈り物なのに？

「この花は全てに毒を持つだけでなく、それらを浸した水まで毒に染める効果があっての。そして味は苦みがあり独特だが、食べられぬと言うほどでもない。体の小さな者であれば、種を十粒も食べれば命が危うくなるであろう」

故に人を害しやすい、危険な物なのだと彼女は言った。

「腹に入ればほどなくして酷《ひど》く下し、手足がしびれはじめ、やがては恐ろしい譫妄《せんもう》状態になるのじゃ。悪夢の中で失明することもあれば、そのまま息もできなくなり、心の臓が止まってしまうこともある」

「なんと……」

毒と言っても贈り物、さすがにそこまで恐ろしい毒だとは思っていなかった僕は、思わず言葉を失ってしまった。

「ふむ。でもまぁ、少量であれば高価な薬とも言えなくはない。とはいえ、手放す方が良いかも知れぬな。長安でこそ見かけぬ花じゃが、薬や毒としては知られておる。毒花が華妃の庭に咲いているというのは、あまり好ましい事ではなかろうて」

それに温かい所を好む花だ。このまま庭に植えても、冬を越せずに枯れてしまうかもしれないとドゥドゥさんは言った。

実際に薬として使われない花ではないそうだ。咳を止める効果もあるというし、欲しがる医者は多いだろう。無駄に枯らしてしまうのは勿体《もったい》ない。

だから持ち主に返すか、もしくはこれを適切に扱える誰かに預けるかした方が良いと言われ、僕は唸《うな》った。

「それは確かに……そうですが……」

つまり、どちらにせよそういう事なら、持ち主である蘭々に説明しないわけにはいかないだろう。

「……ええ」

まさか毒を贈られたなんて知ったら、蘭々はどうするだろうか。また泣いてしまうんじゃないだろうか。

「はぁ、こんなの蘭々になんて言おう……」

一体どうしたら、彼女に優しく伝えられるかな……。

まさかこんなことになるなんて考えていなかった僕は、部屋の外から聞こえる美々のめえめえという雄叫《おたけ》びに負けないぐらい大きな声を上げて、今すぐ逃げ出してしまいたいと思った。

四

「ええ!? 本当に毒なんですか!?」

その夜、渋々蘭々《らんらん》に毒花のことを伝えると、彼女はびっくりしたようにぱちぱちと瞬《まばた》きした。

「使い方を間違えれば、よ?」

「じゃあつまり、私の弟の嫁が、私に毒を贈ってきたってことですよね!?」

「ええ……まぁ……そういうことに、なるのかも、しれないけれど……」

思わず尻《しり》すぼみに答えると、「はぁ」と溜息とも相づちともつかない息を吐いただけで、蘭々は意外にも泣いたりしなかったし、笑ったりもしなかった。

そのことに、僕はまずほっとした。

「でも長安では珍しい薬草でもあるそうなの。痛みや咳を止めたり、大切なお薬の材料にもなるから、けっして彼女に悪意があるとは――」

「でも毒草でもあるんですよね？」

「え？　ええ……」

まぁ、そりゃあまぁ、そういう事なんだけど、断言してしまうのも早いというか……。

「………」

不意に蘭々が俯《うつむ》いて黙った。

「……蘭々？」

「――い」

「え？」

地の底を這《は》うような、低い呟《つぶや》きが聞こえた気がした。

「ら、蘭々？　人丈――」

「あの女……許さない。絶対……」

「え、あ……あの、ちょっと」

床のどこを見ているかわからない、まっくらな瞳で蘭々がぶつぶつと呟いた。

その抑揚と表情のなさが、逆に怖い。

僕は――いや、僕だけではなく控えていた絶牙《ぜつが》まで震え上がった。普通に怒鳴ったり泣きわめいてくれる方がまだましだと思うくらいに、彼女の静かな怒りが恐ろしかったのだ。

とはいえ本当に、彼女の義妹《いもうと》に悪意があったかどうかは断言は出来ない。

実際曼陀羅華は高価な薬草であるそうだから。

そこから花をどうするのか一悶着《ひともんちゃく》あったのだけれど、結局叔父《おじ》上に買い上げていただくということで落ち着いた。

毒物でもある以上、信用できる人が管理する方が良い。

蘭々自身は突っ返そうと考えたらしいけれど、確かにそうしてしまうには勿体ない薬草らしく、最終的に件《くだん》の花は、皇城の薬房での取り扱いになったのだ。

それに本当に薬として贈ってくれた可能性も否めない。瞳を綺麗《きれい》にする薬というのは、後宮に似つかわしくあるとも思う。

少なくとも同封された手紙には、『良い薬』だと、そう書かれていたらしい。

とはいっても、このまま「はい、わかりました」だなんて、蘭々はとてもじゃないけど言えない様子で、結局思いの丈――憎しみの丈を一文字一文字筆に込め、したためた文を義妹に送ったそうだ。

喧嘩《けんか》の原因にならなきゃいいけれど……とは思ったけれど、そもそもの火種を放り込んできたのは義妹の方なのだし、蘭々に怒るなというのも筋が違う気がする。

義妹がどんな人かは知らないけれど、大きく波風が立たない事を祈るしかない。


と、そんな騒ぎから二日後、蘭々が血相を変えて僕の部屋に飛び込んできた。

「華妃様！　見てくださいよ！」

「蘭々、あなた、あれほど――」

「これ！　また弟の嫁が私に花を贈ってきたんです！」

険しい顔で窘《たしな》めようとした桜雪《おうせつ》を遮るように、蘭々が小さな花が植わった鉢を突き出してきた。花の見頃が過ぎているのか、ぽつりぽつり黄色い小さな五枚の花弁を付けた、可憐《かれん》な植物だ。

「え、あ……か、かわいらしい花ね……」

胸がどくどく鳴るのを覚えながら、僕は引きつった顔で返した。着替え中だったのだ。危うく女装前の体を――ぺったんこの胸を、蘭々に見られてしまうところだった。

「あら！　小連翹《オトギリソウ》じゃないですか」

あきらかに動揺してしまっている僕を誤魔化すように、茴香《ういか》が明るい声で言った。

「知ってるの？」

「ええ。ちょっと郊外に行けば咲いていると思いますよ」

不思議そうな蘭々に、茴香が答えた。そういえば見たことがあるような、特に珍しいとは思えない野花のようだ。

「……毒ではないんですか？」

「どうでしょうね。喉《のど》の薬だったり、切り傷にいいって聞いた事があるので、薬草だと思うんですけど……？」

実際に私は使ったことないですけど……と茴香が言った。でもまた薬草か……思わず僕と蘭々は顔を見合わせてしまった。

「でも今回は手紙もなんにもついてなくて……義妹が文句を言ってきてるんじゃないかって思うんです」

「無言の抗議ということ？」

「ですかね。何を考えてるのかはわからないですけど。でも……だから、どうか——」

「また毒ではないか、毒妃様に伺ってほしいと、そういうのね？」

蘭々がこくりと頷《うなず》いた。

「華妃様を疑うわけじゃありませんけれど……出来れば私も、ちゃんと直接お話を伺いたいです」

また聞きで間違いがあっても嫌だし、華妃様はお優しいから……と蘭々は言葉を濁した。蘭々が傷つかないように、僕が嘘で誤魔化すことを心配しているんだろう。

でも確かにまた毒だったら、何か理由を付けて誤魔化してしまうかもしれない。

「もしかしたら、前回の花は薬草のつもりだったので、怒っている蘭々にあちらはびっくりしているかもしれませんしね。まずはその花を、毒妃様に調べて頂きましょう」

だから、着替えるために早く外へ出てとお願いすると、蘭々は慌てて部屋を出て行ってくれた。

途端に四人の口から、ほっと安堵《あんど》の息が漏れた。

はぁ……ひとまず僕の体を見られなくて良かった。

「まったく、あの子ったら……」

桜雪が小さく毒づいた。

とはいえ、また贈られてきた花の正体が知りたいのは僕も同じだ。

どうか今度は毒はない、ただの優しい薬であれ……そう心から僕は願った。

でも、世の中はそう上手《うま》くはいかないみたいだ。

「害がないわけではないのう」

花を見るなりドゥドゥさんが言ったので、初めて訪れた毒妃の部屋のおどろおどろしさに震え上がっていた蘭々が、「えええ……」と弱々しい声で呻《うめ》いた。

「これは小連翹と近い種ではあるが、貫葉連翹《オトギリココメバ》じゃ。見た目だけでなく効果も似ているが……こちらの方がちと厄介な花ではある」

「と、仰《おっしゃ》いますと？」

「ふむ。使う者によっては、吾《われ》のように陽光で火傷《やけど》を負うようになるし、既に使っている薬の効き目を薄めさせる効果がある」

後者も病気や怪我の時には厄介だし、前者は陽光が苦手になるなんて、大変なことだ。

「ほら！　やっぱり！　あの女ぁ！　私から弟を奪っただけでなく、私を毒で殺そうと……！」

怯《おび》えていたはずの蘭々が、とうとう我慢できなくなったように、声を荒らげた。

「そんな恐ろしいのですか？」

「なんとも言えぬのう。この花を用いて死んだ者がいるという話は聞いた事はないが」

とはいえ太陽の光を避けて暮らす生活の不自由さは、ドゥドゥさんを見ていればわかる。それに外で働くことも難しくなる。

直接的ではないにせよ、日々の糧を失ってしまったり、確実に困る人はいるだろう。

「とはいえ、これは薬草としてよく知られておる。例えば血止めじゃな。怪我をした時に良い薬になる。あとは気鬱《きうつ》の時や、気分が優れぬ時に良い薬じゃ」

「でも、毒でもあるんですよね!?」

「どんな良薬でも、人にとっては害になることはある。その効果が強ければ強いほど、その害も大きくなり、やがて毒と呼ばれるようになるのだ」

ぷりぷり怒り始めた蘭々に、毒と薬は表裏一体じゃ――と、ドゥドゥさんが言った。

だから毒と決めつけることはないと言いたいのだろう。

だけど最初の曼陀羅華のこともある。立て続けに害があるかもしれないものが贈られてきたら、そりゃあ素直に善意だけで受け取れはしないだろう。

そもそも別に贈り物を『薬草』に拘《こだわ》らなくてもいいんだ。布だったり装飾品だったり、お菓子だったりしてもいい。なのにわざわざ『害があるかもしれない物』が選ばれているのは確かだから。

ただの危険な毒草であれば、万が一妃嬪《ひひん》に害があってはいけないと、事前に荷物を検《あらた》められた時に弾《はじ》かれてしまうだろう。

だからわざわざ薬草としての顔を持つ毒を選んでいるのかもしれない。

……と、悪い方向に考えるのは容易《たやす》い。蘭々が怒るのも無理はない。

だけど信じたい気持ちもある。僕らはすっかり疑心暗鬼に囚《とら》われていた。

でもそれは同時に、悪意を証明できないという、希望でもある。

「とにかく今回の花はドゥドゥさんに預けていきましょう。また後で手紙だけ届くかも知れませんし」

そう言ってその日はひとまず蘭々を宥《なだ》めたけれど、なんだか僕の気持ちもすっきりしなかった。

結婚するのは、僕と似た立場の『弟』なのだ。彼はこのことを知っているのだろうか？

なんにせよ、せっかくの旅立ちなのだから、出来れば祝福できる形にしてあげたい。

「とはいってもなぁ……」

僕の気持ちとは裏腹に、僕は無力で、すっかり怒っている蘭々の気持ちをほぐす事すら、なかなか上手くいかなかった。

五

そんなことがあった翌日、いつも突然押しかける僕への仕返しというように、ドゥドゥさんが部屋を訪ねてきてくれた。

勿論《もちろん》大歓迎だった僕とは対照的に、大騒ぎになってしまったのは桜雪《おうせつ》達で、バタバタと着替えをさせられる中、僕は改めて『妃嬪を突然訪ねる』という無礼を思い知った。

とはいえドゥドゥさんは僕のためにわざわざ着替えはしないし、ここまでの大騒ぎをしてはいないし、なんだかんだ毎回歓迎してくれるけれど。

「ごめんなさい、お待たせしてしまって……」

「構わぬよ。そう急ぐ用でもない。ただこの薬を例の女官に――」

急いだものの、結局小半刻《こはんとき》は待たせてしまったドゥドゥさんに、お詫《わ》びをしながら挨拶《あいさつ》をすると、彼女は懐からなにやら包みを取り出した。

「華妃様！　毒妃様！　聞いてくださいよ!!」

と、同時に、ぱたぱたと部屋に飛び込んできたのは蘭々《らんらん》で、後ろに控えていた桜雪が、視界の端で額を押さえていた。

「ま……またなのですか？」

「そうなんです！　そうなんですよ！　今日、あの女がまた懲りずに私に毒を贈ってきたんですよ！　しかも二日続けてなんて！」

目を三角にして言う蘭々だったけれど、確かに二日続けて、というのは……。

「本当にまた毒……なのですか？」

「わからないですけど、でもまたきっと毒ですよ！　これです！　この花です！」

そう言って出された花も、最初の曼陀羅華に比べて楚々《そそ》とした小さな白い花だった。

真ん中が黄色く盛り上がっていて、野草特有の爽《さわ》やかだけれど少し癖のある匂いがする。

ドゥドゥさんは薬を一度懐に戻すと、早速花を受け取って——薄く微笑んだ。

「ふむ。小白菊《ナツシロギク》じゃのう」

「どんな毒なんですか！」

蘭々が挑むように問うた。

「まあ……場合によっては腹を下し、口がただれることがあるのう。あとはもし傷を負うていた場合、血が止まりにくくなることがある」

「あの……女ぁ！」

今にも地団駄を踏みそうな勢いで、蘭々が唸《うな》った。

そんな蘭々を見て、ドゥドゥさんは再び先ほど見せてくれた薬の包みを蘭々に差し出した。

「ど……毒ですか？　もしかして復讐《ふくしゅう》しろって——」

「馬鹿げたことを」

ふん、と怒ったようにドゥドゥさんが鼻を鳴らす。

「これは薬じゃ……確かにそなたの義理の妹が贈ってきた花で作ったものだがの」

カサカサと音がなるそれには、どうやら一包ずつ薬草が入っているらしい。煎《せん》じて飲むと良い、とドゥドゥさんは言った。

「でも毒妃様だって、あの花は毒だって」

「だから言うたではないか。毒と薬は表裏一体じゃ」

「あの、それでいったいなんの薬なのですか？」

二人の会話でけらちがあかない気がしたので、僕はそう割って入った。

ドゥドゥさんはまたふう、と小さく溜息《ためいき》を洩《も》らし、改めて蘭々を見た。

「……のうそなた……蘭々と言ったか？」

「はい？」

「では蘭々。そなた、もしかして頭痛の気があるのでは？」

「へ？」

「よく頭が痛くなることがないか？　と聞いているのだ」

突然の質問に、一瞬蘭々は何を言われているのかわからない表情を浮かべたけれど、すぐにはっとしたようにこくこくと数回頷《うなず》いた。

「あ、はい、寝不足だったり、天気が悪かったりすると、すぐに頭が痛くなっちゃいます」

「やはりな。実はのう蘭々や。そなたに贈られた毒花達――そうじゃ、曼陀羅華も、貫葉連翹も、そしてこの小白菊も、全て薬として使うと、頭痛を和らげる効果がある」

「え……？」

「こと頭の痛みというのは原因が様々で、必ずしも効くものではないのだがな。とはいえ全てに共通してその効果がある。勿論、量を間違えば危険な物じゃ。だから吾《われ》らのような薬と毒をよく識《し》る者に処方をして貰《もら》わねば、薬ではなくただの毒になってしまうが」

「……じゃあ、これは、薬、なんですか？」

「うむ。そう作った……そなたに効くと良いのだがな」

びっくりしたような表情で蘭々はドゥドゥさんと、そして僕を交互に見て、そしてそっと薬に手を伸ばした。

「小白菊は茶にすると良かろう。苦みがあるので、普段の茶に少し混ぜてやると良い。毎日少しずつ飲んでいれば、痛みが起きにくくなるかもしれぬ」

ドゥドゥさんは薬の包みを躊躇《ためら》いがちに受け取った蘭々の手を、薬ごと両手でぎゅっと包み込んだ。

「まぁ試してみるのじゃな……全てそなたへ贈られたものじゃ」

蘭々の顔が驚きと困惑に揺れていた。

「じゃあ、本当に、全部毒じゃなかったって……そう言うんですか？」

「毒も薬も使い方次第じゃ。そしてそれは、それを受け取る者の心も同じではないだろうかのう」

「…………」

「そなたがまことに良い姐《あね》であったなら、弟は妻にそなたの話をしただろう。離れた場所で暮らす不安や寂しさは、弟にもあるかもしれぬ。そして同時にそなたのことを案じているのではないだろうか」

母親のように自分を育ててくれた姐は、今後宮で立派に働いている。

そんな姐に、伴侶《はんりょ》も得て立派に働き始めた姿を見て欲しいし、褒めても欲しいだろう。何よりも安心してほしいし、誇りに感じてほしい。

そして会いたい。

だけどそれは、簡単には叶《かな》わない望みだ。

だからせめて働く姐が元気であるようにと、そう夫が望んでいるのを聞いて、新妻は姐に薬草を送る事にした。

薬であれば一度きりだが、花そのものを贈れば何度も薬は作れるようになるだろう。

離れて暮らす事になる姐に、優しい夫の代わりに寄り添ってくれるように――。

「まあ……贈られた花を、毒と思うか、薬と思うかは、結局そなた次第じゃ」

膝《ひざ》の上に置いてあった小白菊を愛《いと》おしげに見下ろして、ドゥドゥさんは微《かす》かに微笑んだ。

蘭々は同じように白い小花をじっと見つめ――そしてどこか不満そうに唇をすぼめ

た。

「……そりゃ、曼陀羅華は綺麗《きれい》だと思ったし、嬉《うれ》しくなかったわけじゃないんですよ」

素直に喜べない送り主からだったとしても、弟を奪われたような気持ちになっていた時でも、それでも花は美しかったのだ。

「わたくしが余計な事をしてしまったせいだわ……ごめんなさい」

こんな事なら、ドゥドゥさんに聞かなければ良かったのかもしれないと、僕は急に後悔した。けれど蘭々は首を横に振った。

「いいえ。でも華妃様が毒妃様にお尋ねしてくださらなかったら、ただ綺麗な花で終わっちゃってたと思いますから。頭痛の薬だなんて、きっとわからなかったです」

だったらそう書いてくれれば良かったのに――と、蘭々は苦笑いで呟《つぶや》いた。

だけどあれほど毒だと思っていた花が、こうしてドゥドゥさんの手によって、小さくまとめられ、薬になっている。蘭々はその一包を取り上げ、灯《あか》りにかざすように、眩《まぶ》しそうに見た。

「……そっか、毒が咲いてたのは、私の心の方だったんですね」

蘭々はどこか悔しげに呟いたけれど、きゅっと薬の包みを抱きしめるように胸元に当てた。まるで大切な人を抱きしめるように。

「別にね、私だって本当に弟の結婚が嫌なわけじゃないんですよ。流刑地みたいな遠い所で暮らすんじゃ、もう会えないかもしれないっていう寂しさはあるけれど。でも……一番大事なのは、あの子が幸せになれるか？　ってことで」

それは普段のちょっとおっちょこちょいで、けれど朗らかな明るい蘭々とは違って、妙に大人びた表情だった。

「変ですよね。私が産んだわけでもないのに……だけど昔っから、あの子が痛かったり悲しい思いをするくらいなら、私が代わってやりたいなって本気で思うんです」

「蘭々……」

——昔。

僕が小さかった頃、虻《あぶ》に驚いた馬に蹴《け》られそうになったことがあった。

その時姐《ねえ》さんは、迷わず僕を抱きしめて救ってくれた。

それを見ていた父上が『一歩間違えばお前が危険な目に遭うかもしれなかったのに』と姐さんを叱ったけれど、泥だらけの恰好《かっこう》で姐さんは言ったのだ。

『だって玉蘭が痛がっているのを見る方が辛《つら》いんですもの』と——。

「ちょっと悔しいけど、ちゃんとごめんなさいって手紙を書きます。あっちだって誤解されたままじゃ嫌だと思うし……って、やだ！　どうして泣いてるんですか華妃様！」

「いいえ……ただ、良かったなって……」

気が付けば頬を涙で濡《ぬ》らしていた僕を見て、蘭々は驚き、慌てて控えていた桜雪と絶牙を見た。怒られると思ったのだろう。現に桜雪の表情は冷ややかだった。

「じゃ、じゃあ私、仕事に戻ります！　あ、ありがとうございます華妃様、毒妃様！」

蘭々はそう言って、来た時同様に唐突に、飛び出すように部屋から出て行った。

「まったく、そなたはよう泣くのう」

「だってわたくし、なんだか姐さんのことを、思い出してしまって……」

呆《あき》れるようにドゥドゥさんに言われて、更に涙がぎゅっとこみ上げてきた。

そんな僕を慰めるように、絶牙が僕の背中をぽんぽんと叩《たた》いてくれたけれど、正直逆効果だった。

姐に代わり、そして僕を妹のように大切にしてくれる人の優しい仕草に、涙は更に溢《あふ》れてきて、僕はそのまま絶牙に寄りかかるようにしてしくしくと泣いてしまった。

姐さんの身代わりになって四ヶ月。姐さんへの恋しさが急に溢れてしまったのだ。

それにこんなに長く、彼女の身代わりを務めることになるなんて思っていなかったから。

姐さんは今、どうしているのだろう。

辛い思いや、痛い思いをしていないだろうか？

代わってあげたいのは、そういう事だった筈《はず》だ。こうして後宮で、姐さんのフリをすることで、姐さんの助けになっていることもわかるけれど。

だけど今の泣き虫の僕じゃ、やっぱりなんの力にもなれないって事かと、僕はぎゅっと目を閉じた。でも涙はなかなか止められない。もっと違う事を考えなきゃ、と思った。姐さんじゃない事を――。


「……………」

「……どうしたのじゃ？」

唐突に慟哭《どうこく》をやめた僕に、不思議そうにドゥドゥさんが声をかけてきた。

「……でも、やはり毒でもあるのですよね？」

「ん？　蘭々の花かえ？　まぁ……そうじゃな」

「やっぱりどうして最初から、義妹《いもうと》は頭痛の薬だと言わなかったのでしょうか？」

「……なに？」

ぐすっと、鼻を鳴らす僕の顔を、桜雪と絶牙が拭《ふ》いて化粧を直そうとするのを煩わしく感じながら、僕は目を細めた。

「だって『頭痛によく効くお薬です』と、ただそう書き添えてくれたら良かったんじゃありませんか？　ドゥドゥさんだって薬を渡してくれる時は、必ずどんなものか教えてくださいますよね？　太医たちだって同じです」

「それはそうだが……読み書きが出来ぬのかもしれなかろう」

「商家を営む女性がですか？」

「……そういうものか？」

「読み書きや計算が出来なければ、台帳などを書く時に困るでしょう。それに最初の花の時には、文はちゃんと同封されていました。どうしてそこにちゃんと頭痛の薬と書かなかったのでしょう？」

高価だのなんだのと書くよりも、一番書くべき事だったはずなのに。

「確かにその三つは共通して頭痛を癒《い》やす薬かもしれませんが……逆に毒であったなら、どうでしょうか？　毒として共通する部分がありますか？」

「ふむ……しいていうなら、全て腹を下すことがあるが……まぁ、口から入るものはたいがいそうじゃ。それに小白菊自体は、本来は腹の調子が悪い時に飲むと良いとされているのじゃ」

合う合わないがあるとはいえ、けして必ずお腹に悪さをするとは限らない。毒としての効果は別だとドゥドゥさんは肩をすくめた。

だったら、何故この三つが選ばれたのだろう？

まったく意味がない、意図のない選別だったとは思い難《にく》い。

「ドゥドゥさんはこの三つの薬を見て、他に何か共通点を感じませんか？」

「見た目がそもそも違うように、あまり似通うところはないのぅ。曼陀羅華だけは飛び抜けて強い毒じゃが、貫葉連翹と小白菊は毒よりは薬という側面の方が強い。害より益の多い花じゃろう」

ドゥドゥさんはあくまで「害があるか？」と聞かれたので、その害は伝えてくれたものの、貫葉連翹と小白菊は必ずしも『毒草』と呼ぶほど、害ばかりではないのだそうだ。

「でしたら、曼陀羅華はどうですか？　薬ですか？　毒ですか？」

「そこじゃな。吾《われ》は曼陀羅華は紛《まが》うことなき毒だと思うておる。あれは薬として使うのが難しく、容易《たやす》く人を害するからじゃ」

だとしたら、少なくとも最初は悪意があってもおかしくはないけれど、その後蘭々の怒りを知って諦《あきら》めた、もしくは考えを改めたのだろうか……？

「送り主は本当に同じなのでしょうか？」

「え……？」

その時、僕の少し乱れた襟元を直しながら桜雪が言った。

「もしかしたら……名義人は同じでも、実際に贈ってきた人間は別なのではありませんか？」

「それは――なるほど、そうか」

一瞬戸惑ったものの、桜雪の助け船にはっとした。

「なんじゃ？」

「毒と薬の効能です。まるで一貫性がないように感じましたが、だからこその理由があるかもしれません――最初の曼陀羅華は、確か怖い幻覚などを見たりするんですよね？」

「そうじゃ？」

ドゥドゥさんが怪訝《けげん》そうに眉根《まゆね》を寄せた。

「その後に届いた貫葉連翹は、傷を治したり、心を穏やかにさせる薬、ですよね」

「そうじゃが」

「しかも他の薬を効きにくくする……それはまるで、最初に贈った曼陀羅華の効果を打ち消そうとしているようではありませんか？」

「残念ながら、曼陀羅華の毒を貫葉連翹で消すことは出来ぬよ」

「そうですか……ただ毒と薬に深い知識を持つドゥドゥさんならそうわかるでしょうが、送り主はそこまで毒に詳しくはないのかもしれません」

とくに貫葉連翹自体は知られている薬草というのだから、咄嗟《とっさ》にそれを用意したというのも考えられる。

「ふむ……確かにそなたのいう事も一理ある。少なくとも、そなたはそう考えたという事じゃろう？」

「まさしくです。そして小白菊は、血を止まりにくくさせる……まるで今度は、貫葉連翹の効果を消そうとしているような気がしませんか？」

「…………」

ドゥドゥさんが低い声で、うむむ、と唸《うな》った。でもそれは否定ではなく、彼女も何かを考えているようだった。

「手紙が添えられていたのは、曼陀羅華の時だけ。その後の二つの花には手紙がありません……手紙が書けなかった理由があるのではないかと思います」

「例えば何じゃ？」

「まず一つは、送り主が違うのではないでしょうか？　それも、蘭々が字を見ればわかる人が送ってきたのでは？」

「……つまり、蘭々の弟か？」

「断言は出来ませんが」

僕は頷《うなず》いた。

「ただ……貫葉連翹は、珍しい花ではないのですよね？」

「そうじゃな。長安でも郊外に行けば咲いていると聞く」

「では曼陀羅華と小白菊はどうでしょうか？」

少なくとも曼陀羅華は長安には咲いていないはずだ。

「小白菊は主に西域じゃな。胡族より手に入る……」

ドゥドゥさんはそこまで言って、僕と顔を見合わせた。

「なるほど、その二つは商人を通さなければ手に入れられぬ。つまり義妹が……と言いたいのじゃな。だが、小白菊に文を付けなかった理由はどうなる？」

ドゥドゥさんが探るように僕を見た。その答えまではは っきりはわからないけれど……。

「そうですね……もしかしたら、その人は『ごめんなさい』が言えない人なのかもしれませんね」

終

「華妃様！　聞いてください！　これ！　弟とその嫁から、私にって！」

それから数日して、また完全に着替えの終わらない僕の部屋に、蘭々《らんらん》が飛び込んできた。

「まぁなんて綺麗《きれい》な生地！」

慌てて体を隠す僕の前に立って、蘭々の視線から守ってくれた茴香《ういか》が、背中越しに嬉《うれ》しそうな声を上げる。

「あら……本当に、見事な刺繍《ししゅう》ですこと」

と、怒るのも忘れたように桜雪《おうせつ》も声を上擦らせた。

急いで絶牙《ぜつが》に帯紐《おびひも》を締めて貰《もら》いながら、僕もその輪に加わる。

それは本当に美しい、金糸の刺繍が入った翡翠《ひすい》色の反物だった。

「でもこんなに立派なの、私には着れませんよ。華妃様のお召し物に使っていただいた方がいいかなって」

僕から貰った双子真珠のことがあるからか、蘭々が言った。

「いいえ、貴女《あなた》に届いた物なのだから、貴女が使うべきですよ」

「そうですよ、いつか蘭々さんの花嫁衣装用にちょうど良いじゃないですか」

僕が断ると、茴香もそう蘭々に勧めた。「え？」と言ったのは桜雪だ。

「でも緑の生地ですよ？　婚礼に？　赤ではなく？」

「やだあ桜雪様ったら。今は『紅男緑女』ですよ？」

最近の婚礼衣装と言えば、男性が赤い衣装を纏《まと》い、女性が緑を着るのが流行だと茴香達が笑ったので、桜雪はちょっとだけ面白くなさそうに顔を顰《しか》め「それより持ち場に戻りなさい！」と二人を窘《たしな》めた。

はぁいと苦笑いで蘭々が出て行こうとしたので、僕はその手をぎゅっと握る。蘭々は驚いたように僕を見た。

「華妃様？」

「どっちにしろ、次は蘭々に幸せになって欲しいと言う意味でしょう。その通り、これは貴女が着て、ちゃんと幸せになるべきだわ。大切になさいね」

「はい……」

頷いた蘭々の声が少し震えた。

「でも本当に良かったぁ……このまま喧嘩《けんか》別れにならなくって。義妹《いもうと》と仲直り出来て。華妃様達のお陰です。私、一生心を込めてお仕えしますから」

ぎゅっと僕の手を強く握り返して、蘭々は涙目で言った。ついつられて僕も泣きそうになったけれど、今度はなんとか我慢した。

「うれしいけれど……一生だったら、貴女、この花嫁衣装を着られないのではなくて？」

「そうですね。でもそもそも相手が居ないですよ。でも悔しいって思ったけど、私、自分の中の毒に溺《おぼ》れちゃわなくて良かったです」

自分から謝る為には、強く心を奮い立たせなければならなかっただろうし、なかなか信じられなかった相手を、それでも信じて家族を託すのには勇気が必要だっただろう。

そもそも誤解されるような態度を取ったのは義妹だったのだから。

それでも蘭々は全部を吞《の》み込んで、彼女に筆をとったのだ。

「ああ本当に義妹がいい子みたいで良かった！」

そう言ってぱあっと蘭々は笑うと、力強い足取りで部屋を後にした。

「いい子ねぇ」

その時、ちょうど入れ違いのように部屋に入ってきた耀庭《ようてい》が、呆《あき》れたようにぽつりと呟《つぶや》いた。

「あら、どこに行ってたの耀庭」

「華妃様のお使いですよ、ちょっと面倒なのを」

茴香に答えた耀庭が「あー疲れた」と言って、勝手に淹《い》れてあった僕のお茶を飲んだので、すかさず絶牙がその首根っこを摑《つか》んで持ち上げる。

「いいじゃないですか！　どうせこんな冷めたお茶なんて、華妃様飲まないでしょ！」

まぁ、それもそうだし、そもそも確かに耀庭に面倒なお使いを頼んでいたのも事実なので、絶牙に下ろすように言う。

「いだっ」

絶牙が渋々ながらもぱっと手を離したので、耀庭はそのままどてっと床に落ちてしまった。

「まぁ……可哀想に」

「いいんです。この子はもう少し礼儀を学ぶべきですわ」

慌てて僕が駆け寄ると、桜雪がしかめっ面で言った。

「耀庭さんは礼儀を知らないいんじゃなくて、知ってて破ってるんだと思うんですけど」

そう言って茴香が耀庭に「食べる？」と慰めのように懐から干し棗《なつめ》を取り出したので、「余計に許されない事です！」と桜雪は怒ったけれど、結局僕らはそのまま新しいお茶を淹れ、お菓子を囲むことになった。

「それで……お使いって何をしてたんですか？」

「蘭々の実家に行ってたんですよ。直接話を聞いてこいって」

絶牙が淹れてくれた熱いお茶と、干し棗や砂糖菓子を前にして、茴香に問われた耀庭が、嬉しそうに話し始めた。

確かに僕がそうお願いしたのだ。このままにしておくのはなんだか心配だったから。

「それで……どうでしたか？」

「そりゃ大騒ぎでしたよ。祝言を挙げてまだ一月も経たないうちに、離縁しちゃったんですからね」

「…………は？」

たっぷり間を空けて、茴香が目を丸くした。

り、り、り、離縁⁇

「え？」

僕も一瞬何を言われたのかわからなくて、僕と茴香は顔を見合わせた。

絶牙と桜雪は険しい表情のままだ。

「ほら、蘭々に綺麗な花嫁衣装の生地が届いたでしょう？　あれは元々嫁の故郷でももう一度婚礼を行うんだって、嫁が張り切って手に入れた生地らしいですよ。まぁもう必要なくなったんでしょうけど、あはは」

「あはは って……どうして？」

そんな笑うような事ではないし、なんで離縁なんてことになってしまったのか……。

「どうしたもこうしたもないですよ。蘭々の弟はそりゃ蘭々を自慢の姐《あね》だって思って慕ってるようでした。そうじゃなくても義理とはいえ家族に平気で毒を飲まそうとする人と、夫婦なんてやってられないでしょ」

「まぁ……それはそうですよね」

茴香が頷《うなず》いた。確かにそう言われると、至極真っ当に聞こえる。

とはいえ、お互い好き合って夫婦になった訳じゃなかったんだろうか……。

「理由はなんだったのですか？　彼女がそんな恐ろしいことをしたのは」

「それがね、結局嫉妬《しっと》みたいですよ。義妹は本当はずっと皇城や後宮で働きたかったみたいです。長安の都に憧《あこが》れてたみたいで。けど……とはいえ誰でも出来る仕事じゃありませんしね。とくに美人じゃなきゃいけないし」

確かに後宮では誰でも働ける訳じゃない。なかでも女官ともなると、それなりに家柄も良くなければならないし、容姿にも左右される。

蘭々の義妹――正確には元義妹は、嶺南で夫を貰って店を継ぐのが嫌だったらしい。親に上手《うま》いことを言って、夫探しを理由に長安に出てきたものの、本当は別の仕事を長安で探したかったようだ。けれど、なかなか上手くはいかなかった。

それで結局父の知り合いの伝《つて》で蘭々の弟と出会い、結婚して、嶺南に帰ることになったのだ。残念ながら彼女にとって婚姻とは、必ずしも華やかな門出ではなかったようだ。

それでも相手である蘭々の弟は、彼女にとって好ましい相手だったし、恋しくも感じていたんだろう。

だからこそ、彼女は蘭々が許せなかった。

「完全に逆恨みですけどね、でも夫になる人には、とても美しくて優秀な、後宮で働く姐がいて、しかも彼はやたらと姐を褒め称《たた》える。彼の両親も周囲に自慢する娘だ――自分にないものを全部もっている人に、彼女はどうしても恥をかかせたいと思った」

「それが曼陀羅華ですか？」

故郷で何度か、『高級な薬』だと聞かされていた曼陀羅華。長安の胡族の外商が店を出す西市で、たまたま売られているのを見かけて、彼女ははっと思い立った。

いけすかない後宮の女官なんて、毒で酔っ払って、恥ずかしい姿をさらせばいい……。

けれど当の姐である蘭々は、それを使う前にカンカンに怒って夫婦に手紙を送った――それを、妻よりも先に弟が読んだのだった。

弟は慌てて解毒になりそうな花、貫葉連翹を姐に届け、いったいどういうことかと妻に問いただした。

でも彼女はその時も上手いことを言って切り抜けて、誤魔化すために更に別の薬草を届けた。

実際彼女は曼陀羅華がそんな怖い毒だとは知らなかったのだ。使うと酒のように酔っ払う……くらいにしか聞いていなかったから。

「だけどその後すぐに蘭々からお詫《わ》びの文が届いた。憎い相手だと思っていた人からの心からの謝罪に彼女は胸を打たれ、それはもう深く深く反省したそうです――まぁ、そんなの遅いって話なんですが」

猛毒だとは知らなかったとはいえ、恥をかかせようと毒と知りながら義姐《あね》に花を贈る――そんな人が新妻だと知って、蘭々の弟は酷《ひど》くショックを受けたようだ。

「だって嫉妬ですよ？　この先愛人を囲った時に、また毒を使われたりしたら困るじゃないですか」

「それは……そもそも愛人を囲わなければ良いではありませんか」

耀庭が当たり前のように言ったので、僕の眉間《みけん》に皺《しわ》が寄った。

「跡取りが生まれないかもしれないし、普通はお金を持った男は愛人を囲うもんなんですよ。華妃様のお父様が変わってらっしゃるんですって」

法律でも禁止されていないし、働けない女性を庇護《ひご》する意味合いもあるんだし……と、逆に当たり前のように言い返されて、僕は桜雪達を見た。苦笑いが返ってきたので、僕の眉間の皺がますます深くなってしまった。

とはいえそういう問題でもないのはわかる。

「とにかく大好きな姐、大切な娘に毒を盛ろうとした嫁に、弟と両親はカンカンになって、即離縁だって彼女を家から追い出したそうです。まぁ……牢屋《ろうや》に入れられないだけマシってもんでしょう」

「そうだったの……」

確かに蘭々は毒を飲まなかったし、他に誰かが傷ついたわけでもないから大事になっていないだけで、一歩間違えば殺人事件になっていたかもしれないのだ。

それを考えれば、離縁で済んだことも寛大な処置と言えるのだろうが……。

「でもそれだけ弟さんを強く慕っていたのでしょう？　それは少し可哀想ね」

自分が上手くいかないからと、蘭々を嫉《そね》む気持ちは正しくはないけれど、ただ故郷で決められた相手に嫁ぎ、家業を継いで働き、死んでいくだけの人生に抗《あらが》いたかった――その気持ち自体はわからなくもない。愛《いと》おしい人の心の中に、妬《ねた》ましい人がくっきりと存在していることが苦しいというのも。

「いや、いや、いや！　自業自得ですって！」

だけど耀庭が、呆《あき》れたように否定した。

「そうですよ、だからって毒だなんてダメですよ！　しかも華妃様のお部屋付きの女官なんですよ？　花が綺麗《きれい》だって、うっかり華妃様の髪に挿していたかもしれないんですから」

茴香も言った。

「そうね……だからって誰かを傷つけていい理由にはならないわね……でも人の心と言葉は不思議ね。毒にも薬にもなるんだわ」

愛おしいという気持ちが、時に毒になる。憧れですら――。

「だけど、な～んでそんな、すぐばれるようなことしちゃったんですかねぇ」

呆れたように耀庭が言って、椅子の上で伸びをした。茴香もうんうんと頷いている。

強い毒じゃないと思っていたとしても、姐に酷い恥をかかせた妻を、弟が好ましく思うはずはないだろう。

ちょっと考えれば、どっちにしろ自分に災いが返ってくるとわかりそうなものなのに……。

「そういうものです」

だけど桜雪が静かに言った。

「恋は盲目、嫉妬は容易《たやす》く人を狂わせるのですよ。毒のように、己では太刀打ちできない程の想いに囚《とら》われると、人は時に愚かになるのでしょう」

それは長く後宮に仕えてきた人の重みのある言葉だった。

「でも……本当にいい人だったら良かったのに、弟さんは可哀想ね」

「きっとまたすぐにもっといい人が見つかりますよ」

だから心配はいらないと桜雪達が言った。本当にそうであればいい――同じ弟として、彼の幸せを祈らずにはいられないから。

そうして蘭々の慟哭《どうこく》、弟の結婚から始まったお話は、彼の離縁であっさりと幕を閉じた。

泣くほど悲しかったはずの弟の結婚がすぐに無かったことになって、蘭々はさぞかし喜んでいるかと思えば、どうやらそうではないらしい。

「あの子が幸せになるんなら、これでいいって思ったんですけどね」

少し遅れて離婚の話を聞かされた蘭々は、そう言って寂しそうに微笑んだ。

僕がいつか結婚する時、翠麗姐《ねえ》さんもこんな風に笑うのだろうか？

秋の夕暮れに吹く風のように。

参考文献

『毒の歴史―人類の営みの裏の軌跡』ジャン・ド・マレッシ　橋本到、片桐祐訳　新評論
『[図説]毒と毒殺の歴史』ベン・ハバード　上原ゆうこ訳　原書房
『毒草を食べてみた』植松黎　文藝春秋
『野外毒本　被害実例から知る日本の危険生物』羽根田治　山と溪谷社
『中国の歴史6　絢爛たる世界帝国　隋唐時代』氣賀澤保規　講談社
『楊貴妃　大唐帝国の栄華と滅亡』村山吉廣　講談社
『世界の歴史〈7〉大唐帝国』宮崎市定　河出書房新社
『新・人と歴史　拡大版　15安禄山と楊貴妃　安史の乱始末記』藤善真澄　清水書院
『酉陽雑俎1～5』段成式　今村与志雄訳注　平凡社
『図説　中国　食の文化誌』王仁湘　鈴木博訳　原書房
『中華料理の文化史』張競　筑摩書房
『アジア遊学20』勉誠出版
『アジア遊学60』勉誠出版
『アガサ・クリスティーと14の毒薬』キャサリン・ハーカップ　長野きよみ訳　岩波

書店
『妻と娘の唐宋時代』大澤正昭　東方書店
『長安・洛陽物語（中国の都城）』松浦友久、植木久行　集英社
『唐詩歳時記』植木久行　講談社

＊本書は唐代の史実や文化を参考にしておりますが、一部史実とは異なる部分があります。

本書は書き下ろしです。
この物語はフィクションであり、実在の人物・地名・団体等とは一切関係ありません。

後宮《こうきゅう》の毒華《どくか》

秋蝶《しゅうちょう》の毒妃《どくひ》

太田紫織《おおたしおり》

令和６年　３月25日　初版発行
令和６年　６月５日　３版発行

発行者●山下直久

発行●株式会社KADOKAWA
〒102-8177　東京都千代田区富士見2-13-3
電話　0570-002-301（ナビダイヤル）

角川文庫 24094

印刷所●株式会社KADOKAWA
製本所●株式会社KADOKAWA

表紙画●和田三造

ISBN 978-4-04-114615-6　C0193

◆◇◇

角川文庫発刊に際して

角川源義

第二次世界大戦の敗北は、軍事力の敗北であった以上に、私たちの若い文化力の敗退であった。私たちの文化が戦争に対して如何に無力であり、単なるあだ花に過ぎなかったかを、私たちは身を以て体験し痛感した。西洋近代文化の摂取にとって、明治以後八十年の歳月は決して短かすぎたとは言えない。にもかかわらず、近代文化の伝統を確立し、自由な批判と柔軟な良識に富む文化層として自らを形成することに私たちは失敗して来た。そしてこれは、各層への文化の普及滲透を任務とする出版人の責任でもあった。

一九四五年以来、私たちは再び振出しに戻り、第一歩から踏み出すことを余儀なくされた。これは大きな不幸ではあるが、反面、これまでの混沌・未熟・歪曲の中にあった我が国の文化に秩序と確たる基礎を齎らすためには絶好の機会でもある。角川書店は、このような祖国の文化的危機にあたり、微力をも顧みず再建の礎石たるべき抱負と決意とをもって出発したが、ここに創立以来の念願を果すべく角川文庫を発刊する。これまで刊行されたあらゆる全集叢書文庫類の長所と短所とを検討し、古今東西の不朽の典籍を、良心的編集のもとに、廉価に、そして書架にふさわしい美本として、多くのひとびとに提供しようとする。しかし私たちは徒らに百科全書的な知識のジレッタントを作ることを目的とせず、あくまで祖国の文化に秩序と再建への道を示し、この文庫を角川書店の栄ある事業として、今後永久に継続発展せしめ、学芸と教養との殿堂として大成せんことを期したい。多くの読書子の愛情ある忠言と支持とによって、この希望と抱負とを完遂せしめられんことを願う。

一九四九年五月三日

後宮の毒華《どくか》

太田紫織

毒愛づる妃と、毒にまつわる謎解きを。

時は大唐。繁栄を極める玄宗《げんそう》皇帝の後宮は異常事態にあった。皇帝が楊貴妃《ようきひ》ひとりを愛し、他の妃を顧みない。そんな後宮に入った姉を持つ少年・高玉蘭《こうぎょくらん》は、ある日姉が失踪したと知らされる。やむにやまれず、玉蘭は身代わりとして女装で後宮に入ることに。妃修行に励む中、彼は古今東西の毒に通じるという「毒妃《どくひ》」ドゥドゥに出会う。折しも側近の女官に毒が盛られ、彼女の力を借りることになり……。華麗なる後宮毒ミステリ、開幕！

角川文庫のキャラクター文芸

ISBN 978-4-04-113269-2

ISBN 978-4-04-100695-5

ISBN 978-4-04-112560-1

男装の華は後宮を駆ける

鳳凰の簪《かんざし》

朝田小夏

男装少女×美形貴公子が後宮の謎を解く!

百万都市・麗京《れいけい》に佇む後宮で、皇后が持つ「鳳凰の簪《かんざし》」を挿した宮女の死体が発見された。事件の情報収集のため、名家の娘の芙蓉《ふよう》は皇太后からある人物との連絡係に任命される。芙蓉が男装して指定の場所に行くと、待っていたのは蒼君《そうくん》と名乗る謎の美青年だった。初対面からぶつかりながらも事件捜査に乗り出す２人だが、そのさなか刺客に襲われ不穏な雰囲気に――⁉　男装少女と謎多き青年が闇に迫るハイスピード後宮ミステリ！

角川文庫のキャラクター文芸

ISBN 978-4-04-114411-4

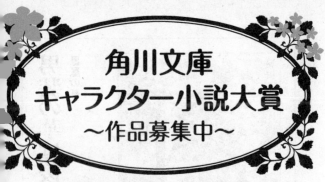